Rien d'autre que nous

L'un pour l'autre
Tome 3

Carrie Ann Ryan

Rien d'autre que nous

L'un pour l'autre

Tome 3

Carrie Ann Ryan

Rien d'autre que nous
L'un pour l'autre
Par Carrie Ann Ryan

eBook ISBN : 978-1-63695-303-8
Print ISBN: 978-1-63695-304-5

Traduit de l'anglais par Adeline Nevo pour Valentin Translation

Pour plus d'informations, abonnez-vous à la LISTE DE DIFFUSION de Carrie Ann Ryan.
Pour communiquer avec Carrie Ann Ryan, vous pouvez vous inscrire à son FAN CLUB.

Rien d'autre que nous

Carrie Ann Ryan, auteure de best-sellers aux classements du New York Times et de USA Today conclut sa série contemporaine par un coup de cœur pour un adorable bad-boy.

Caleb Carr se croyait prêt à s'engager, mais quand l'inattendu le percute avec la violence d'un semi-remorque à pleine vitesse, il comprend qu'il doit fuir toute relation. Zoey représente peut-être la tentation ultime, mais pour la protéger, il va devoir lui tourner le dos.

Zoey Wager est amoureuse de Caleb depuis l'âge de huit ans. Et depuis, elle a eu le cœur brisé à d'innombrables reprises. Pour ne rien arranger, chaque fois qu'elle le voit (même lorsqu'elle part au bout du monde pour l'oublier), il est au bras d'une autre femme. Toute sa vie, elle l'a vu enchaîner les conquêtes sans lendemain. Maintenant, elle veut le voir trouver l'amour éternel. Avec elle.

Chapitre Un

Zoey

Zoey & Caleb – 8 ans

Hawaï c'était *fou*. Je veux dire, où d'autre au monde est-ce qu'on peut porter une jupe en herbe *et* participer à des grillades de porc à la broche où on vous offre de jolies fleurs à porter ? J'avais adoré cet endroit et je ne voulais plus rentrer chez moi.

Nous étions à Hawaï depuis quatre jours et je savais qu'on devait être à l'aéroport le lendemain. Je m'en fichais. Tout ce que je voulais, c'était jouer dans le sable et les vagues, et aujourd'hui, ma mère m'y autorisait enfin. Nous n'avions pas pu aller à la plage pendant la majeure partie du voyage parce que Lacey ne se sentait pas bien, bien que les médecins aient dit qu'il n'y avait plus de trace de cancer.

Je me frottai la hanche en me souvenant de la grosse aiguille qui m'avait fait vomir. Ma mère avait dit que ça ne laisserait pas de cicatrice de donner ma moelle osseuse à ma petite sœur, et j'ignorais si elle m'avait menti ou non. Il lui était déjà arrivé de me mentir, comme quand elle avait dit que ça ne ferait pas mal et que Lacey irait mieux parce que je devais aussi participer au traitement.

Il avait fallu une éternité à Lacey pour aller mieux, et ma mère surveillait toujours ses moindres faits et gestes. Du coup elle ne me laissait pas faire des choses amusantes parce qu'elle avait peur que je me blesse aussi. Parfois, je me disais que maman se souciait de moi uniquement parce que je pouvais aider Lacey, puis je me souvenais de l'époque où il n'y avait que *nous* et personne d'autre. Quand on plantait des fleurs et que plus tard on les mettait dans de jolis vases.

Maman était restée dans la chambre avec Lacey. Aujourd'hui, il n'y avait que moi et papa. Nous n'allions pas rester longtemps car je ne voulais pas qu'elles soient tristes de ne pas être dehors, mais pour l'instant il fallait que je joue dans les vagues. *Enfin.*

Le sable me chatouillait les pieds et je regardai papa.

— Tu t'amuses, Bébé-Z ?

Je lui fis un grand sourire. Je n'étais pas un bébé : c'était Lacey le bébé, même si j'aimais parfois être le bébé de papa.

— J'adore. Merci.

Un instant il parut triste, puis il me sourit avant de se retourner et de sauter dans une vague. Je me mis à rire. J'adorais nager et je le suivis dans l'océan, laissant les vagues me frapper dans le dos et essayant de ne pas boire la tasse.

Il y avait plein d'enfants qui riaient et jouaient entre eux plutôt qu'avec leur famille. Mais je voulais être avec papa cette fois.

Puis quelqu'un me frappa dans le dos et je trébuchai. Le sable me gifla le visage et l'eau m'entoura. Je tournai et me retournai, essayant de me relever, mais je ne retrouvais pas la surface. Mon cœur battait à toute vitesse et j'essayai de poser les pieds au sol, mais je ne le trouvais plus.

Avant que je puisse crier ou penser à autre chose qu'à mes yeux qui brûlaient, des mains saisirent mes épaules et me soulevèrent. Je toussai et crachai en essayant de m'essuyer le visage. Une autre vague me frappa, mais les mains ne me lâchèrent pas.

— Ça va ? C'est toi, Zoey ?

J'essuyai l'eau salée de mes yeux et vis Caleb Carr. *Caleb ?*

— Qu'est-ce que tu fais ici ? lâchai-je.

— Te sauver, bien sûr. Je ne savais pas que ta famille aussi serait à Hawaï.

Caleb fréquentait la même école que moi et je l'aimais, quoique je ne l'aurais jamais avoué. J'étais folle de lui et je savais qu'un jour je l'épouserais. Il était tout ce que j'aimais chez un garçon, avec son doux sourire, ses grands yeux bleus et ses cheveux qu'il rejetait toujours en arrière, ce qui le rendait *si* cool. Une fois, il avait même rasé les côtés pour avoir l'air d'une sorte de mohawk. Les professeurs n'étaient pas contents, même si Caleb et sa famille s'en fichaient. J'avais adoré ça, parce que je l'aimais déjà à l'époque.

C'était officiellement les vacances les plus parfaites de tous les temps. J'avais l'océan, le sable et Caleb Carr.

— On est venus parce que Lacey n'est plus malade.

La bouche de Caleb se plissa légèrement, et je me serais donné des gifles d'avoir parlé de Lacey. Personne n'aimait parler d'enfants malades, même les enfants. Caleb lâcha mes épaules alors que les vagues nous frappaient.

— Ça me fait plaisir, dit-il. En tout cas, désolé que Laura t'ait presque noyée. Elle a crié en voyant un poisson et t'est rentrée dedans.

— Laura ?

Il indiqua le rivage d'un signe de la tête, et je vis une fille avec un joli maillot de bain rose qui me regardait comme si j'étais le diable en personne.

— Elle est ici en vacances, aussi. Elle vient d'Angleterre, m'expliqua Caleb avec un petit sourire que je détestai.

Que je détestai parce qu'il ne m'était pas destiné.

Non, c'était pour une fille nommée Laura.

— Zoey ? Ça va ? Putain, ne pars pas avec des inconnus, s'exclama papa en m'attirant vers lui et m'éloignant de Caleb.

Je rougis furieusement. Laura fit signe à Caleb depuis le rivage, qui me regarda en hochant la tête avant de la rejoindre. Tout allait bien. Très très bien.

C'était faux.

Parce que ce ne serait pas la dernière fois que Caleb Carr tomberait amoureux de quelqu'un d'autre que moi. Je le savais au plus profond de mon cœur. Je savais que ce ne serait pas la dernière fois.

Zoey & Caleb – 15 ans

Je n'étais pas sûre d'être fan de camping, mais j'étais fan de s'mores. Je mordis dans le biscuit au chocolat et à la guimauve fondue et gémis de plaisir.

— C'est bon ? demanda papa.

Je hochai la tête en prenant ma dernière bouchée avant de me lécher les doigts un par un. Pas besoin de gaspiller quelque chose d'aussi bon avec une serviette.

— Tu en veux un autre ?

Je secouai la tête avant de prendre une gorgée de mon soda pour faire descendre cette merveille.

— Ça ira. Si je mange encore du sucre, il faudra me faire rouler jusqu'au lac pour le spectacle.

— Il va y avoir de la musique, n'est-ce pas ? J'adore la musique.

Lacey s'appuya contre mon épaule et je me déplaçai pour qu'elle ait plus de place. Elle se trémoussa un peu et soupira alors qu'elle se blottissait contre moi.

— C'est ce que le directeur du camping a dit, répondit maman en regardant son dépliant qui ne semblait jamais la quitter, même lorsque nous faisions de la randonnée dans les bois durant la majeure partie de la journée.

S'il y avait quelque chose à planifier, programmer ou arranger, ma mère l'inscrivait avec des couleurs dans l'heure qui suivait. Papa disait qu'elle avait toujours été comme ça, mais qu'elle l'était encore plus depuis la maladie de Lacey.

Maintenant ma sœur allait mieux – je croisai les doigts alors même que la pensée me traversait l'esprit – et maman était toujours aussi obsédée par les détails. Le fait qu'elle utilise au mieux ses compétences pour m'aider à entrer dans les meilleures universités même si je n'étais qu'en seconde aurait pu paraître agréable, sauf que ça me stressait, donc je préférais ne pas trop y penser.

On regarda les flammes encore un peu, puis papa éteignit le feu de camp, et on se mit en route pour aller voir le spectacle en famille. C'était agréable d'être tous les quatre puisque, la plupart du temps, nous n'avions pas le temps de faire des activités ensemble et de nous détendre.

— Maman, on peut s'asseoir là-bas ? demanda Lacey en tirant sur la manche de maman et en se plaçant devant moi.

Ça ne me dérangeait pas puisque j'avais les yeux sur quelque chose – non, *quelqu'un* – au loin.

— Bien sûr, chérie, dit maman en me regardant. Zoey ?

Je clignai des yeux, arrachant mon regard à la silhouette sombre de l'autre côté du sentier, près du lac, et qui ne pouvait pas être réelle parce que je ne pouvais pas être si malchanceuse.

— Je vais faire un tour là-bas, d'accord ? Je crois que j'ai vu quelqu'un du lycée.

— Maman, gémit Lacey, fatiguée. On va louper ces sièges et la meilleure vue.

Je ne lui en voulais pas. On n'avait pas arrêté de toute la journée, et elle n'était pas des plus endurantes.

— D'accord, d'accord, dit maman en me regardant. Sois prudente, et seulement dix minutes, d'accord ? C'est compris ?

Je hochai la tête, un peu surprise qu'elle me laisse partir seule. Bien sûr, il y avait des adultes tout autour, et ce camping était rempli de gens de notre quartier car c'était un voyage organisé. Maman connaissait pratiquement tout le monde ici, alors j'étais sûre qu'elle était convaincue que quelqu'un me surveillerait toujours.

Je continuai à me diriger là où j'avais vu l'ombre, le cœur battant la chamade. Je fis de mon mieux pour m'essuyer discrètement la bouche, espérant ne pas avoir de chocolat sur le visage.

— Petite Zoey ? demanda Caleb Carr en sortant de l'ombre, un large sourire posé sur le visage, le regard ténébreux et cette mèche de cheveux qui tombait toujours sur ses yeux et qui faisait des choses merveilleuses à mon estomac.

Chaque fois que j'étais près de Caleb, je perdais toute faculté de parole. C'était plus fort que moi. Il me faisait tout simplement ressentir des choses. En plus, il m'appelait *Petite Zoey*. Ce n'était pas trop original, mais c'était un surnom. Ça voulait dire qu'il me connaissait. Qu'il me *voyait*. Ça comptait énormément, pas vrai ?

— Salut Caleb. Je ne savais pas que ta famille était ici.

Il acquiesça.

— Dimitri est quelque part à boire de la bière puisqu'il en a le droit maintenant.

— Vraiment ? dis-je, essayant de calmer les battements de mon cœur.

— Oui. Il a eu vingt et un ans et il se la pète, dit Caleb en haussant les épaules. Enfin, surtout vis-à-vis de Devin puisqu'ils sont proches en âge.

— Au moins, tu l'atteindras avant Amelia, dis-je en mentionnant sa sœur cadette.

— Elle sera la dernière à tout et elle s'en plaindra toujours. Comment va Lacey ?

Il avait posé la question parce qu'il savait ce que nous avions traversé. Cependant, il n'y avait pas de pitié dans sa voix, contrairement à tant d'autres. Et ce n'était qu'une raison de plus qui faisait que je l'aimais.

Argh.

— Elle va très bien. Elle est ici, dis-je.

Je fis un vague geste par-dessus mon épaule vers l'endroit où se trouvait ma famille, mais comme je ne pouvais pas détacher mes yeux de lui, j'espérais que je montrais la bonne direction.

— Super. Je suis content que vous soyez tous là. Je sais que vous n'avez pas pu faire ça chaque année avec le quartier.

Je me réchauffai de partout, ma bouche prête à dire quelque chose, *n'importe quoi*. Mais dès que j'écartai les lèvres, une autre voix nous parvint.

— Caleb.

Un gloussement se fit entendre, puis un bras passa autour de la taille fine de Caleb et une main délicate glissa dans sa poche avant. Il tourna le regard : Amber, la magnifique élève au tableau d'honneur de notre classe, dotée d'un corps parfait, d'une attitude douce, et maintenant... du mec idéal.

Mon mec. Du moins dans mon imagination.

Je me sentis me dégonfler comme un ballon quand Caleb l'attira contre lui avant de poser sa main sur sa hanche, comme s'ils avaient fait cela des milliers de fois. Et peut-être qu'ils l'avaient fait.

— Salut, bébé. Tu connais Zoey, n'est-ce pas ?

Les yeux d'Amber s'illuminèrent.

— Le cours de chimie de Mme Tanner, c'est ça ? Tu étais assise à l'avant, je pense.

Je déglutis avec peine, mes doigts jouant avec le bord de mon short.

— C'est moi. Salut, Amber.

— C'est super de te voir, Zoey. On va s'asseoir sur le rivage pour regarder le spectacle. Tu veux te joindre à nous ?

J'aurais voulu la détester, et me détester moi de toujours craquer pour un garçon qui était avec une fille différente chaque fois et partout où je le voyais, même en dehors du lycée. Mais je n'y arrivais pas. Alors, à la place, je secouai la tête, ne regardant qu'Amber et évitant le regard de Caleb. Je ne voulais pas qu'il voie. Je n'avais jamais voulu qu'il voie.

— Je dois retourner avec mes parents, mais je voulais juste passer dire bonjour, expliquai-je avant de marquer une pause. Bon, eh bien, salut.

Même si je ne voyais aucune pitié sur le visage d'Amber – elle *savait*, elle était au courant de mon coup de cœur. Ça devait être écrit sur mon visage. Sauf qu'elle n'avait pas revendiqué Caleb, et n'avait pas agi comme une peste en cherchant à se débarrasser de moi. Elle le tenait de manière naturelle, comme si elle pouvait le faire à tout moment. Et aussi longtemps qu'elle aurait Caleb, elle *pourrait*...

Elle ne m'avait pas rabaissée ou rendue invisible.

Ça ne venait que de moi.

Et de Caleb Carr.

Car que ce soit à huit ou quinze ans, je ne pouvais pas m'empêcher de craquer pour lui. Et chaque fois que je le voyais, il était avec une autre fille.

Il devenait urgent pour moi de surmonter mes sentiments pour Caleb. Peu importe ce que mon cœur guimauve en pensait.

. . .

Zoey & Caleb – 19 ans

Ma fausse carte d'identité avait fonctionné, mais alors que ma tête tournait et que mes amies riaient dans leurs verres, je savais que je ne l'utiliserais plus jamais.

Jamais.

Mes doigts étaient engourdis et mes chevilles me faisaient mal à cause de mes talons hauts.

Je n'aimais pas être ivre, et je ne savais pas du tout pourquoi je m'étais laissée entraînée de cette façon. C'était l'anniversaire de Kyla, et on fêtait ça. Sauf que Kyla et Kayti étaient parties avec deux mecs qu'elles venaient de rencontrer, et que j'étais debout près du bar avec mes chaussures trop serrées et que le troisième mec de ce trio me pelotait les fesses.

— Je vais rentrer à la maison, essayai-je de dire, mais ça semblait confus comme si je ne pouvais pas parler normalement.

Combien de shots est-ce que les mecs nous avaient offerts ? Putain, c'était stupide. Je *savais* que c'était stupide, mais j'avais mal à la tête et je voulais juste aller me coucher.

— Je te ramènerai à la maison, bébé, murmura le gars en me soufflant dans le cou.

La bile me remonta dans la gorge et je repoussai le mec. Matt ? Oui, Matt, c'était son nom.

— Ça va aller. Je vais prendre un taxi.

Je pris mon sac à main et essayai de marcher vers mes amies qui étaient sur la banquette en train d'embrasser leurs copains.

— Elles sont occupées, bébé. Je vais te ramener à la maison.

Je l'ignorai.

— Kyla ?

— Hé, ma belle, dit Kyla en riant. Joyeux anniversaire à moi ! Tu rentres avec Matt ?

Elle ne chuchotait pas, mais tout le monde dansait et buvait, donc personne ne faisait attention à ce qu'elle disait.

— Non, je rentre chez moi. Est-ce que ça va ?

— On va bien, dit-elle en acquiesçant. Tu devrais rentrer avec Matt.

Je retins un frisson. Je n'aimais pas être ivre, et je n'étais pas sûre d'aimer Kyla ivre non plus.

— Je rentre à la maison.

— D'accord, ma belle. À lundi ! dit-elle avant de recommencer à galocher Chad.

Je pivotai sur mes talons trop hauts pour aller appeler un taxi, mais les mains de Matt se posèrent aussitôt sur mes hanches.

— Merci pour les boissons, mais je dois rentrer à la maison.

— Je vais t'accompagner à l'extérieur, bébé, dit-il.

Je n'avais jamais détesté qu'on m'appelle « *bébé* », mais avec lui, je n'avais vraiment plus envie de l'entendre. Quand il le disait, ça paraissait gluant et ça me donnait envie de prendre une douche.

Il fallait que je m'éloigne de lui et de cette soirée.

— Je vais bien. Merci quand même.

Je me dirigeai vers le bar en essayant de ne pas tomber alors que les gens me bousculaient. Cette soirée était débile. Je n'aurais pas dû utiliser ma fausse carte d'identité. Je n'aurais pas dû boire un verre – ou quatre.

Mais tout allait bien se passer. J'allais rentrer chez moi.

Je me dirigeai vers le trottoir où attendaient les taxis, car c'était la rue – dans ma ville universitaire – où se trouvaient tous les bars, quand Matt attrapa à nouveau mes hanches.

— Laisse-moi te ramener à la maison, bébé. On peut terminer notre soirée.

Je le repoussai, la peur au ventre. J'avais mon téléphone dans ma main, mais je n'avais pas les idées claires et je n'arrivais pas à me dégager de sa prise.

— Non. Je veux rentrer à la maison. Seule.

— Bébé.

— Elle a dit non, déclara une voix grave tandis que la prise de Matt se resserrait douloureusement sur mes hanches.

— Fous le camp d'ici, mon pote. Personne t'a sonné.

Je levai le genou avec force et Matt grogna en me repoussant. Je me cognai contre l'épais poteau derrière moi.

— Salope.

— Retire tes mains d'elle.

Je trébuchai, puis de douces mains se posèrent sur moi. Je tressaillis et plongeai dans des yeux verts inconnus mais gentils.

— Pardon, pardon. Est-ce que ça va ? Je suis Heather. Caleb s'occupe de ce type. Est-ce que ça va ? Je dois appeler quelqu'un ?

Je clignai des yeux, soudain beaucoup trop sobre. Je détournai le regard de Heather et regardai l'homme que je connaissais. Celui qui avait toujours fait partie de mes rêves.

Caleb.

Bien sûr, il fallait que ce soit Caleb Carr. Ici. À des kilomètres de chez moi. Toujours là quand j'avais besoin de lui – et quand je ne voulais pas le voir. Logique. C'était comme ça entre nous.

Caleb frappa Matt au visage et les gens commencèrent à se rassembler, à parler et à crier. C'était trop, et je savais que j'allais vomir. Je n'avais rien à faire ici, et Caleb non plus.

— Je vais... je vais bien. Je veux juste rentrer à la maison.

Caleb se retourna au son de ma voix, le regard sombre même sous les lampadaires.

— Petite Zoey. Ça va ?

— Je vais bien. Je... je vais prendre un taxi. Ne lui fais pas de mal.

Ses sourcils se haussèrent alors qu'il regardait Matt étalé au sol qui gémissait en se tenant la tête.

— Je veux juste rentrer à la maison.

— On va te ramener à la maison, grogna Caleb.

Je secouai la tête et faillis vomir, prise de vertiges.

— Je vais bien.

— On te ramène. Heather, appelle un taxi.

— Bien sûr, chéri. On va ramener ton amie à la maison.

Elle serra mes bras avec affection tandis que Caleb enjambait le corps couché de Matt, et que la foule commençait à se disperser.

— Je veux juste rentrer à la maison, murmurai-je sans trop savoir si quelqu'un m'entendait.

Caleb retira sa veste en cuir et la passa autour de mes épaules sans jamais me quitter du regard.

— On te ramène, Petite Zoey. Fais-moi confiance. Je m'occupe de toi.

Des larmes coulèrent sur mes joues et mon corps commença à trembler alors que j'enfonçais mes doigts dans le cuir chaud. Caleb ne me serra pas contre lui et ne me dit pas que tout irait bien.

Personne ne me toucha.

Personne ne me parla.

Parce qu'il n'y avait rien à dire. Mes soi-disant amies n'avaient pas été là. En revanche le garçon – non, *l'homme* – de mon passé, si.

À nouveau.

Zoey & Caleb – 25 ans

Je détestais le froid. Oui bien sûr, je vivais au Colorado et j'y étais habituée, mais ça n'avait rien à voir avec le froid de l'Alaska. Qu'Amy ait voulu faire un mariage scintillant avec son âme sœur dans la soi-disant nature sauvage de l'Alaska, dans une suite de cabanes en rondins dans les bois, me dépassait. Mais c'était mon amie et elle m'avait invitée au mariage. Alors, j'étais là, gelée, dans une robe que je détestais, et ne pensant qu'à retirer mes chaussures.

J'avais rencontré Amy en travaillant chez un fleuriste à Denver. Elle me manquerait quand elle partirait définitivement pour l'Alaska. Elle avait rencontré un pilote de brousse qui était venu travailler à Denver, et était tombée rapidement amoureuse. À présent elle bouleversait sa vie et déménageait dans des régions sauvages. J'aimais Amy et je lui souhaitais le meilleur, mais la maison me manquait.

J'avais suffisamment déménagé entre l'université et mon premier vrai travail. À présent, j'étais de retour à Denver et sur le point d'ouvrir ma propre boutique si les choses se passaient bien. Je voulais me poser. Je voulais trouver l'amour et commencer ma vie.

Je voulais juste être heureuse.

Comme si je l'avais conjuré de nulle part, une voix de mon passé résonna derrière moi, et je me tournai pour voir la seule personne que j'avais toujours voulue et en même temps jamais voulu voir.

— Caleb, murmurai-je avant de me racler la gorge. Pourquoi est-ce que tu es en Alaska ?

Caleb afficha ce sourire qui me faisait toujours des choses à l'intérieur.

— Petite Zoey. Je devrais te poser la même question.

Il ouvrit les bras et je m'y engouffrai aussitôt de manière naturelle, comme si ça ne faisait pas des années qu'on ne s'était pas vus.

Nous n'avions jamais parlé de cette nuit au bar. Jamais eu besoin de le faire. J'allais bien, et il avait été là... mon chevalier en armure étincelante. Un chevalier qui n'était pas du tout à moi.

Il sentait le savon et cette bougie que j'aimais tant et qui, d'après tout le monde, sentait *l'homme*. Il me rappelait la maison, et à cette pensée, je m'éloignai rapidement et passai mes mains sur ma robe de velours marron.

— Je ne savais pas que tu connaissais Amy.

— Je ne la connais pas. Je suis ami avec Don. Il m'a envoyé à différents endroits pour le travail.

Devant mon regard vide, il expliqua :

— Je suis chaudronnier. Parfois, je travaille sur les canalisations d'huile. Ça dépend de la saison.

— Je n'ai aucune idée de ce que c'est, dis-je en riant.

— Peu de gens le savent.

— Caleb ?

Une femme en robe rouge et aux lèvres encore plus rouges s'approcha de lui et glissa sa main autour de sa taille.

— Tu m'as laissée toute seule, dit-elle en lui tapotant le torse de ses doigts parfaitement manucurés.

Je repliai mes mains pour qu'elle ne puisse pas voir les entailles et les écorchures dues à mon travail. Mes mains ne seraient jamais jolies, mais ça me convenait, même si voir la copine de Caleb dans toute sa perfection me donnait envie de me cacher.

Je détestais ça.

— Désolé, bébé, je viens de retrouver une amie que je n'avais pas vue depuis longtemps. Charlene, voici Zoey. Nous allions à la même école.

— Le monde est petit, ronronna Charlene en me

faisant un petit signe, avant de remettre ses mains sur Caleb. Ravie de faire ta connaissance.

— Ravie de faire ta connaissance aussi, dis-je rapidement. Je vous laisse : le mariage et tout.

— Ça m'a fait plaisir de te revoir, Petite Zoey.

Charlene le serra un peu plus et je reculai.

— Moi aussi, dit-elle. On devrait se voir un de ces jours à Denver, et pas ailleurs dans le monde.

— Un de ces jours, répéta-t-il.

Je me sauvai. J'avais besoin d'espace, besoin de respirer. Revoir Caleb avait été comme un coup à la poitrine et je n'arrivais plus à me concentrer.

Je ne savais pas si j'avais toujours des sentiments. Je ne pensais plus à lui tous les jours, mais dès que je le voyais, ça revenait en force.

Je me rappelai qu'il était encore une fois avec une femme. Une femme qui n'était pas moi.

Et ça m'allait.

Il le fallait.

Parce que Caleb n'était pas à moi.

Il ne le serait jamais.

Zoey & Caleb – 28 ans

. . .

Maison. C'était ma maison. J'avais enfin ma propre boutique. J'étais mon propre patron et je n'avais de comptes à rendre qu'à la banque. C'était à *moi*.

J'allais pouvoir prendre plaisir à travailler avec des fleurs tous les jours. Ce serait mon avenir. J'avais hâte de me salir les mains – et probablement les faire saigner ; il n'y avait pas pire que les épines ! – à nouveau.

Il fallait que je rentre me coucher, mais je ne pensais pas pouvoir dormir. J'avais déjà des commandes en attente et je devais rencontrer quelques organisatrices de mariage le lendemain. Mais ce soir, ce n'était que pour moi.

Un coup à la vitre m'arracha un cri. Je me tournai, la main sur mon téléphone, l'autre sur mon cœur.

— Caleb ? haletai-je.

Il me fit son putain de sourire que je détestais et adorait en même temps.

— *Ouvre,* articula-t-il.

Je me dirigeai aussitôt vers la porte.

— Que fais-tu ici ? Je pensais que tu étais encore en Alaska.

Il secoua la tête. Je n'arrivais pas à déchiffrer son regard dans le noir.

— Je suis revenu.

Revenu.

Je déglutis en essayant de me trouver des repères. Je

détestais qu'il me fasse ça. Depuis dix ans, on aurait pu penser que j'y étais habituée.

— Amelia ne me l'a pas dit. Contente de te revoir.

— Elle ne le sait pas, répondit-il en haussant les épaules.

Mes yeux s'arrondirent.

— Ne t'inquiète pas, Petite Zoey. Elle le saura demain. Je voulais lui faire la surprise, à elle et aux autres. Je t'ai vue travailler ici et j'ai pensé venir voir ta boutique.

Je clignai des yeux en essayant de suivre.

— Oh, eh bien, je rentrais chez moi, et il fait noir. Peut-être demain ?

Quand je pourrai respirer.

— Pas de problème, dit-il en enfonçant ses mains dans ses poches et basculant sur ses talons. Tu as besoin que je te raccompagne jusqu'à ta voiture ?

Je la vis alors... cette inquiétude dans son regard.

— Ça va aller. Tout va bien depuis cette nuit-là. Merci encore.

Voilà. C'était dit. Plus besoin d'en reparler. Je n'avais pas de cauchemars ou quoi que ce soit. J'étais en sécurité. Mais j'étais quand même gênée.

— Ne me remercie pas, Petite Zoey. Et super.

— Caleb ?

Évidemment. À croire que c'était inévitable. Une femme avec une belle peau brune et de magnifiques cheveux se dirigeait vers nous. Elle nous sourit et glissa sa main dans la sienne.

Je veux dire, pourquoi pas ?

— Renita, voici Zoey, la fille dont je t'ai parlé.

Il avait parlé de moi ? Non, je n'allais pas recommencer.

— Oh bonsoir ! dit Renita en me prenant de court en m'embrassant sur la joue. Ma sœur va bientôt se marier et elle cherche un fleuriste. C'est pour ça que Caleb m'a parlé de toi.

Elle se mit à parler du mariage, et j'essayais de suivre, mais j'étais fatiguée, et chaque fois que j'étais près de Caleb, mon cerveau faisait des choses horribles. Comme se déconcentrer.

— Quoi qu'il en soit, je travaillais avec Caleb en Alaska. Maintenant, il travaille à nouveau ici, à Denver. C'est le destin, non ?

Je ne regardai pas Caleb, je ne pouvais pas, et gardai le regard rivé sur Renita. Quand elle sourit, la plus belle des âmes brilla à travers ses yeux.

— Le destin, on dirait bien, dis-je, sachant que c'était la vérité.

Car que Caleb soit rentré à la maison, c'était le destin. Ça devait l'être.

C'était juste que ce n'était pas le mien.

. . .

Zoey & Caleb – 30 ans

J'avais vu Caleb Carr sortir avec différentes femmes d'innombrables fois tout au long de ma vie. Aux quatre coins du monde, le destin le ramenait sur mon chemin. Et pourtant ce n'était jamais le bon moment.

Maintenant, ça devait l'être.

Parce que je n'allais plus être observatrice. J'allais en faire partie. J'étais prête à ce que Caleb Carr tombe amoureux.

De moi.

Chapitre Deux

Caleb

Je glissai ma main sur la petite table et serrai les doigts de Robin en lui souriant.

— Tu es un vrai coquin, Caleb, ronronna Robin avant de retirer sa main.

Elle prit son verre de merlot et en but une gorgée.

— Je n'ai rien de diabolique, Robin, dis-je en m'appuyant sur le dossier de ma chaise.

D'accord, c'était probablement un mensonge, mais pas grave.

J'aimais bien Robin. Elle était douce, avait une tête bien faite et un corps de rêve. Ses longs cheveux noirs lui retombaient dans le dos, et elle avait récemment raccourci son épaisse frange au niveau des sourcils. Si je l'avais remarqué, c'était parce qu'elle m'en avait parlé la dernière fois que je l'avais vue au bar où j'allais régulièrement.

Non pas que je m'y autorisais souvent, mais après une longue journée, surtout quand la vie devenait un enfer, comme souvent ces jours-ci, j'avais besoin d'un verre. Ou du moins d'entendre le bruit des conversations.

Ensuite je rentrais chez moi et je riais de ma solitude, chose pour laquelle je m'améliorais beaucoup en prenant de l'âge.

— Tu ne m'écoutes plus, dit Robin en tapotant son ongle sur son verre.

Je ne comprenais pas comment elle gardait de si beaux ongles étant donné qu'elle tapait à l'ordinateur presque toute la journée. C'était une programmeuse informatique – l'une des meilleures selon elle et tous ceux qui parlaient d'elle.

Je me débrouillais en informatique, mais j'étais loin d'avoir son niveau. Donc, quand j'avais besoin de pirater quelque chose ou de résoudre un problème informatique, elle était la personne à appeler. Elle coûtait un bras et une jambe, mais elle valait largement le prix.

— Désolé. Je rêvassais.

— Ce n'est rien. Vas-tu me dire à quoi tu penses ?

— Ton cerveau, dis-je honnêtement.

Ses yeux s'illuminèrent.

— C'est mieux que de parler d'une autre partie de mon anatomie, comme la plupart des mecs ont tendance à le faire.

Je reniflai et bus une gorgée de ma vodka-eau. Je n'allais pas la finir, mais c'était pour les apparences. J'étais surtout à l'eau ces jours-ci.

— Tu as également d'autres atouts, dis-je en souriant. Je pourrais en parler si tu es d'humeur.

Un baratin classique de drague, mais je le récitais par habitude. Depuis quand étais-je si blasé ?

— Oui, j'aime bien ces atouts.

Son regard s'abaissa à son très impressionnant décolleté et elle éclata de rire, ce qui fit remuer sensiblement ses seins. Mon Dieu, j'allais craquer. Mais elle le savait, et elle était douée pour en user. J'aimais bien qu'une femme ait confiance dans son esprit et son corps et sache ce qu'elle veut.

Moi j'étais resté le même : confiant, heureux et sachant où j'allais. Enfin, pas tellement ces jours-ci. Mais je n'allais pas y penser maintenant. Je ne voulais pas perdre ma bonne humeur ou penser à autre chose que notre soirée.

Parce que ça n'allait pas devenir sérieux entre nous. Je n'avais jamais rien cherché de stable, et toutes les femmes avec qui j'étais sorti le savaient. Non pas que je sois une enflure ou que j'ai peur de l'engagement, mais j'avais des projets. Et avant mon retour à Denver, ces projets n'incluaient pas de femmes, sauf pour le court terme. Pour le long terme ? Pas vraiment.

La drague, quand j'étais en Alaska avait été intéressante, mais je ne l'avais pas pratiquée tant que ça compte tenu du ratio hommes/femmes là où je vivais.

Rencontrer des femmes à Denver était plus compliqué. J'étais à un âge où tout le monde voulait fonder une famille, et moi je ne savais toujours pas ce que je voulais. Pas avec les évènements récents en tout cas. Mais non, je n'allais pas y penser maintenant.

— Sinon, tu aimes ton nouveau travail loin de la nature sauvage ? demanda Robin alors que le serveur apportait nos assiettes.

J'avais commandé du poisson et elle un steak. Ma bouche saliva en voyant son filet, mais tant pis. Moins de viande rouge, et moins d'alcool, même si j'avais pris un peu de vodka ce soir.

— Denver c'est aussi la nature sauvage, même si c'est un peu différent de l'Alaska.

— C'est tellement drôle que la plupart des gens s'imaginent que Denver – comme le Texas – est rempli de cow-boys et que c'est l'Ouest sauvage. Et puis, nous les Denveriens ou les Denveroniens, peu importe comment on s'appelle, pensons la même chose de l'Alaska.

— Comment appelle-t-on les habitants de Denver ?

— Joyeux ? dit Robin avant de rire. Ce poisson a l'air délicieux.

Je haussai les épaules et regardai mon assiette.

— Tu en veux un peu ?

— J'adorerais. Tu veux du steak ?

— Je devrais dire non, mais j'adorerais aussi.

— Tu surveilles ta consommation de viande rouge ?

— Hé, j'ai trente ans. Je devrais.

— Je pensais que c'était à quarante ans ?

— Il semblerait que trente soit le nouveau quarante.

— Je pensais qu'on disait ça dans l'autre sens, déclara-t-elle en riant.

On échangea nos plats et je gémis en prenant une bouchée du steak. La viande rouge me manquait. Mon médecin m'avait dit de faire attention, d'où la raison de mon retour à Denver. Et aussi pourquoi je ne travaillais plus sur les lignes mais plutôt en coulisses, et principalement sur ma tablette derrière un bureau.

J'étais sacrément bon dans mon travail, mais parfois ça me manquait de travailler avec mes mains comme avant. Cependant, c'était difficile de le faire quand je n'étais pas sûr de ce qui pourrait m'arriver.

— Eh bien... Pour ma part, je suis contente que tu sois de retour à Denver, dit Robin en souriant. Je pense qu'on est sortis ensemble il y a environ... dix ans ? On était des bébés.

Je ricanai.

— On était des gosses. Nous sommes des gens complètement différents maintenant.

— Tant mieux. Ou alors tu es sorti avec toutes les femmes du continent ouest et tu dois recommencer. Ce qui ne serait pas terrible.

Je faillis m'étouffer avec mon eau.

— Je ne suis quand même pas si horrible.

— Oh si. Sauf que tu ne mens pas. Tu es exactement ce que tu dis être.

— Et je suis quoi exactement ? demandai-je en fronçant les sourcils.

Robin secoua la tête.

— Rien de mal. S'il te plaît, ne le prends pas mal. Je gâche cette soirée. Tout ce que je voulais dire, c'est que quand on sort avec toi, on sait que ça ne sera pas sérieux. Et personne n'essaie de te changer, au risque d'avoir un réveil brutal.

Je regardai mon poisson et jouai avec la fourchette.

— Je n'avais pas réalisé que j'étais aussi prévisible.

— Oh, chut. Je suis tout aussi prévisible. Je n'ai pas eu de relation sérieuse depuis la dernière fois où nous nous sommes vus il y a dix ans. En fait, je suis tellement à fond dans le travail que c'était même surprenant qu'on se soit retrouvés dans ce bar. Et maintenant ce dîner avec toi... Un très bon repas que nous n'allons pas gâcher en parlant de choses sérieuses. Concentrons-nous sur les choses heureuses.

Je hochai la tête et me forçai à sourire.

— D'accord, pas de problème, dis-je.

Ce n'était pas comme si je cherchais une relation sérieuse avec Robin. Mais je n'aimais pas que ce soit apparemment tatoué sur mon front que je n'étais pas la personne à qui il fallait s'adresser pour une relation sérieuse.

— Alors à part fréquenter ce bar, travailler – et prendre sur toi pour ne pas me laisser en plan parce que je me comporte comme une idiote – qu'est-ce que tu fais pour t'amuser ces jours-ci, Caleb ?

Je secouai la tête et revins à la conversation.

— Tu n'es pas une idiote. Désolé. Je crois que je suis un peu grincheux.

— Les femmes aiment les grincheux, Caleb. Tu devrais le savoir.

— Oh, je le sais, chérie, lui dis-je avec mon plus beau sourire.

Elle éclata de rire et je l'imitai.

— Tu devrais utiliser ce sourire narquois plus souvent. Il fait des merveilles.

— Heureux de te faire plaisir.

On parla de tout et de rien, et c'était très bien. Je n'allais pas rentrer à la maison avec elle ce soir. Ce n'était pas ce que j'avais prévu. Mais c'était agréable d'être avec un autre humain et ne pas avoir à rester seul chez moi à m'interroger sur la mort et la vie – ou l'absence de vie.

Après avoir mangé et réglé l'addition, on alla récupérer nos voitures auprès du voiturier. Nous nous étions retrouvés au restaurant au lieu que j'aille la chercher, et d'après son expression, je vis qu'elle savait que nous n'allions pas rentrer ensemble. Je n'étais pas d'humeur, et il était clair qu'elle l'avait compris toute seule.

— C'était sympa, Caleb. On devrait peut-être remettre ça dans dix ans ?

— Tu penses vraiment que tu resteras célibataire d'ici là ?

C'était une vraie question. Robin était une femme fantastique, talentueuse, brillante et belle. Elle méritait le bonheur quoi qu'il arrive.

— Peut-être. Je travaille beaucoup, et un homme ça se met en travers du chemin.

— Oui, c'est un peu notre spécialité. C'est notre legs.

— Tu es un homme bien, Caleb. J'espère que tu ne seras pas célibataire dans dix ans, même si une part de moi le souhaite.

J'espérais tout simplement *être* encore là dans dix ans, mais je repoussai rapidement cette pensée.

— C'était bon de te revoir, Robin, dis-je en l'embrassant sur la joue.

Alors qu'elle montait dans sa voiture, mon regard

croisa celui d'une autre personne. Pas Robin, mais quelqu'un de mon passé – et de mon présent. Et peut-être mon avenir, mais pas de la manière dont je le souhaitais.

Zoey se trouvait de l'autre côté de la rue, les bras chargés de sacs de courses. Je savais qu'elle travaillait dur, et qu'elle se rendait parfois à la superette tard le soir. Mon frère m'en avait parlé une fois parce que sa femme était la meilleure amie de Zoey.

Zoey entrait et sortait de ma vie par intermittence. Elle avait toujours été là, littéralement dans chaque hémisphère visité. Bizarre qu'elle soit toujours là.

Elle m'adressa un sourire sans enthousiasme, regarda Robin dans sa voiture et ses yeux se firent rieurs. J'ignorais ce qu'elle pensait, mais je n'avais jamais su déchiffrer Zoey. Elle était si douée pour cacher ses pensées que j'oubliais parfois de chercher plus profondément. Et chaque fois que je pensais à le faire, elle s'éloignait, et je ne la revoyais plus pendant un moment. En ce moment je la voyais pratiquement tous les jours. Ou au moins chaque semaine. Parfois, j'avais l'impression que c'était tous les jours parce que je passais plus de temps avec ma famille qu'avant... c'est-à-dire les dix dernières années.

Zoey secoua la tête et se dirigea vers l'endroit où elle était vraisemblablement garée. J'avais presque envie de la suivre et de m'assurer qu'elle arrive bien à sa voiture. Une image de ce connard au bar quand nous étions plus jeunes me traversa l'esprit. C'était il y a quoi ? Onze ans ?

Ça me remplissait encore de rage quand j'y pensais. Je n'avais pas été capable de tuer cet enfoiré ; je m'étais contenté de le mettre hors d'état de nuire avant de la ramener à la maison. Je ne me souvenais même pas de la fille avec qui j'étais à l'époque. Non pas que je me souvienne de toutes les femmes avec qui j'ai été, mais j'essayais de ne pas les oublier. Nous n'avions rien fait de plus que nous tenir la main et nous embrasser cette nuit-là. Elle aussi avait été secouée par ce qui s'était passé, et j'étais tellement énervé que je m'étais contenté de la raccompagner chez elle après avoir ramené Zoey à la maison.

En y repensant, je ne me souvenais même pas de son nom. Mais le souvenir du visage de Zoey cette nuit-là ne me quittait pas. Putain, comment aurais-je pu faire quoi que ce soit alors que je ne faisais que penser à elle ivre ? Heureusement, j'avais été là.

Et si je n'avais pas été là ? Et si elle avait été forcée de rentrer avec lui ?

Mes poings se serrèrent et je m'efforçai de ne pas y penser.

— Monsieur ? Votre voiture est là.

J'adressai un signe de tête au voiturier et lui donnai un pourboire avant de monter dans ma voiture. Je ne voulais pas rentrer chez moi. Je ne voulais pas être seul.

Je détestais le silence de ma maison vide. Je n'avais encore rien accroché aux murs, et pourtant je vivais là depuis un bon moment. Ma petite sœur Amelia m'embêtait constamment avec ça. Un de ces quatre, je rentrerais chez moi et verrais qu'elles, ma belle-sœur et ma future belle-sœur, auraient couvert mes murs de photos et de tableaux. Les femmes s'en chargeraient si je les laissais faire.

Mais c'était difficile de mettre de la permanence dans un endroit alors que je n'avais jamais rien construit de permanent jusque-là. Honnêtement, je ne savais pas si j'allais un jour retrouver quoi que ce soit de permanent. Pas dans cette situation d'attente.

Encore et toujours cette attente.

Je démarrai la voiture et me rendis chez Devin.

J'aurais pu aller chez Dimitri, mais il était à au moins une heure de route. Comme il était encore assez tôt, étant donné que j'avais dîné de bonne heure, faire la surprise à mon frère et sa femme enceinte ne serait probablement pas une bonne idée, surtout avec les embouteillages.

Je ne voulais pas rendre visite à ma petite sœur parce que Tucker vivait pratiquement chez elle maintenant, et imaginer Amelia faire des choses auxquelles je ne voulais pas penser ne figurait pas en haut de ma liste de préférences. Ce serait donc Devin. N'importe lequel de mes frères et sœur m'ouvrirait sa porte à la seconde, même si je les énervais. Tout comme moi vis-à-vis d'eux.

En me garant dans l'allée, je fus soulagé de voir les lumières allumées et des ombres à la fenêtre. Ils ne semblaient rien faire d'inapproprié, Dieu merci ! Je me dirigeai donc vers la porte et frappai.

Erin ouvrit, les cheveux empilés au-dessus de la tête et un masque vert sur le visage.

— Salut. Tu es magnifique. C'est la mode du vert ?

Elle écarquilla les yeux et tapota sa joue avant de jurer.

— Merde, Devin ! s'écria-t-elle en se retournant.

Je la suivis dans le salon et verrouillai la porte derrière moi.

— Qu'est-ce qu'il y a, bébé ? demanda Devin depuis la cuisine.

— Tu m'as laissée ouvrir avec mon masque.

La tête de Devin pointa par la porte de la cuisine et je souris.

— Étant donné que je porte le même putain de masque, j'ai pensé que c'était à toi d'ouvrir.

— Alors, tu savais que j'allais le faire ?

— Bien sûr, chérie. Tu es très belle.

— Et toi aussi, frangin, dis-je en m'esclaffant. J'adore ton nouveau look.

— Va te faire foutre. Mes pores vont être incroyables après ça.

— C'est vrai, renchérit Erin avec un grand sourire. Et la prochaine fois, ça sera le masque à la citrouille et aux épices que j'adore.

Devin haussa ses sourcils verts.

— Ça va me donner faim.

— Génial. Maintenant je veux un dessert, grommelai-je.

— Je pensais que tu avais un rencard ce soir ? demanda Devin en sortant du fromage et des fruits.

Miam, fromage et fruits. Depuis que notre frère aîné Dimitri avait épousé Thea, le fromage faisait partie intégrante de nos vies. Cependant, Thea était enceinte et ne pouvait plus manger de fromages à pâte molle. On avait tous pensé à peut-être ne plus en manger pour elle, mais on n'a pas réussi. Impossible quand le fromage à pâte molle existait.

— J'en avais un.

— Ça s'est mal passé ? demanda Erin en prenant un morceau de fromage sur le plateau avant que Devin le pose.

— Non, c'était sympa. Mais je n'étais tout simplement pas d'humeur à ce que ça aille plus loin.

— C'est une attitude raisonnable. Tu vas manger tout notre fromage ? demanda-t-elle alors que je grignotais un autre morceau.

— Quoi ? C'est vraiment bon, répondis-je, la bouche pleine.

— J'en ai encore dans le réfrigérateur à découper. Ou je peux demander à mon paresseux de frère de le faire pour moi, dit Devin avant d'embrasser Erin sur les lèvres et de s'asseoir à côté d'elle, fromage à la main. Tu avais quelque chose à dire ou tu passais comme ça ?

— Non, je m'ennuyais et j'ai voulu voir ce que vous faisiez. Chez Dimitri, c'est trop loin, et la dernière fois que j'étais chez Amelia, je suis tombé sur quelque chose auquel je ne veux plus jamais penser.

Devin frissonna et Erin gloussa.

— Elle m'en a parlé. Il y a des choses que les frères et sœurs ne devraient jamais voir.

— Ou entendre, grognai-je.

— Ou entendre, acquiesça Erin. Alors, tu es passé juste comme ça ?

Je haussai les épaules.

— J'ai voulu passer dire bonjour.

— On allait justement regarder un film en faisant un masque et en mangeant du fromage. Et maintenant Erin veut me convaincre de faire une pédicure.

Je pouffai.

— Tu ne peux pas le faire faire par quelqu'un d'autre ? Ça paraît plus facile que de le faire soi-même.

Erin hocha la tête en grignotant son fromage.

— Bien sûr. Sauf que tu peux aussi enrouler ces petits sacs autour de tes pieds, et ensuite tu as des pieds de bébé pendant plusieurs mois.

— Pourquoi voudrais-tu avoir des pieds de bébé ? demandai-je.

— Parce qu'ils sont doux et jolis. Attends. Tu as déjà fait une pédicure ?

Je haussai les épaules et Devin renifla.

— Vraiment, frérot ?

— Tu portes bien un masque.

— Touché[1], dit-il. C'était bien ?

— Étant donné que mes pieds étaient tout le temps dans des bottes de travail du matin au coucher, c'était vraiment incroyable. Je ne les ai pas laissés me mettre de vernis ou quoi que ce soit parce que ce n'était pas le but. Mais si ça te tente, vas-y. J'ai bien aimé la petite râpe à fromage.

— S'il te plaît, ne parle pas de la râpe à fromage pour pieds pendant qu'on mange du fromage, lança Erin.

— Bien vu, dis-je en secouant la tête. Mais je ne me joindrai pas à vous pour la pédicure.

— Alors il faudra que tu participes aux masques si tu veux manger notre fromage, déclara Erin en se levant.

Je haussai les épaules. Autant vivre l'instant présent tant que je le pouvais. Mais je gardai ça pour moi : je ne voulais même pas y *réfléchir*.

— C'est d'accord. Je pourrais avoir celui aux épices et à la citrouille ?

— On le garde pour la prochaine fois. Tu seras vert comme nous deux.

— Comme tu veux.

Elle se précipita vers l'endroit où je devinais que les masques se trouvaient. Devin me dévisagea.

— Un problème ?

Je secouai la tête, le regard fixé sur mon téléphone même s'il n'y avait rien à l'écran. Devin serait capable de deviner qu'il se passe quelque chose. Tout comme Amelia et Dimitri. Et j'étais inquiet. Inquiet parce que je n'avais pas de réponses.

Donc, je n'allais pas y penser. J'allais simplement respirer, manger du fromage, nettoyer mes pores et passer du temps avec ma famille.

---

1. En français dans le texte.

Chapitre Trois

Zoey

— Je me marie !

Je souris en m'asseyant sur le canapé familial de mes parents. Ma sœur dansait au milieu du salon en faisant attention de ne pas se cogner contre la table basse. Ma mère lui adressa un sourire radieux. Ma petite sœur allait se *marier*. *Enfin*, se disait-elle.

Ma mère aurait probablement souhaité... non, il n'y avait pas de doute, ma mère *aurait* souhaité que je sois la première à me marier. Ou du moins à me fiancer. Ou peut-être à avoir une relation sérieuse. Après tout, j'étais la sœur aînée. C'est ainsi que les choses devaient se passer. Seulement ce n'est pas comme ça que la vie fonctionnait. J'avais pourtant *bien* un plan. Du moins, une partie finale. Il fallait juste que je trouve le reste du schéma.

— Je suis si heureuse que j'en deviens folle, dit maman avant de se lever et de serrer les mains de Lacey.

Les deux se regardèrent, les yeux brillants de larmes avant de se pencher légèrement et d'appuyer leurs fronts l'un contre l'autre.

— Mon petit bébé va se marier. Tu vas être une si belle mariée, Lacey. Une si belle mariée.

Je déglutis avec peine et me levai en contournant la table basse pour pouvoir me joindre à elles. Ce n'était pas qu'elles avaient oublié ma présence, mais plutôt comme si c'était elles deux contre le monde entier. Honnêtement, je n'avais jamais été le moins du monde jalouse de ça. Comment aurais-je pu alors que Lacey avait traversé tant de choses ?

Ma mère et Lacey avaient passé d'innombrables heures ensemble aux urgences, à l'hôpital, dans la salle de bain avec Lacey en train de vomir. Ma mère dormait pratiquement dans sa chambre et passait la nuit à la câliner quand elle suivait ses traitements.

Les deux s'étaient liées d'une manière particulière. Et je ne leur en voudrais jamais, parce que je ne savais pas ce que ça faisait de regarder ma propre mort, surtout à un si jeune âge, et de me demander si j'allais me réveiller le lendemain. Je ne savais pas ce que c'était que de me dire que je pourrais survivre à ma fille.

Je n'avais donc jamais envié ce lien si spécial entre elles. Un lien que je ne partageais même pas avec mon père, car même si j'aimais encore parfois me considérer comme une fille à papa, je n'avais pas non plus ce lien spécial avec lui – et aucun de nous n'en ressentait le manque. Cependant, je voulais faire partie de cet instant avec Lacey et maman. Parce qu'après tout, ma petite sœur, celle que j'avais eu si peur de perdre à plusieurs reprises, allait se marier.

— Tu seras une mariée incroyable, dis-je en posant mes mains sur leurs dos.

Elles me regardèrent avec de grands yeux et les joues mouillées de larmes.

— J'ai tellement hâte. John est un homme si merveilleux. Et il est tout à moi.

Je souris en hochant la tête. John Yi *était* un homme merveilleux, un homme que je ne connaissais pas très bien car il était cardiologue et travaillait énormément. Il venait rarement aux mêmes dîners de famille que moi, mais comme ma mère le connaissait bien et que mon père l'aimait beaucoup, j'étais à fond pour ce mariage. Et je savais, du peu que je le connaissais, qu'il aimait ma petite sœur de toute son âme. Que demander de plus à un futur beau-frère ?

— Il va te rendre très heureuse, tout comme je sais que tu te rendras très heureuse, ajoutai-je.

Lacey leva les yeux au ciel et s'éloigna pour pouvoir remuer des fesses avant de se tourner vers moi.

— Oh, arrête. Je ne suis pas comme toi. Je veux me marier, avoir des enfants et une vie merveilleuse.

Elle déglutit avec peine, et je voulus la serrer dans mes bras, mais je m'abstins, car je savais qu'elle ne le voudrait pas.

— Et je sais qu'avoir des bébés de manière naturelle ne sera probablement pas envisageable pour moi, mais ça va, ajouta-t-elle.

Ma mère ouvrit la bouche pour parler mais Lacey secoua rapidement la tête.

— Non. J'ai déjà fait mon deuil. John et moi envisageons déjà l'adoption ou le recours à une mère porteuse.

Elle me regarda alors pleine d'espoir et je levai les mains.

— Waouh, occupons-nous d'abord du mariage. Et puis peut-être que nous pourrons parler de mon utérus.

Elle me fit de grands yeux, et je retins un frisson. J'étais prête à faire beaucoup de choses pour ma sœur, et si elle et John me le demandaient, je pourrais même aller jusque-là. Seulement, ce n'était pas encore le cas, et je devais d'abord me faire à l'idée. Et puis il y avait toute cette histoire de grossesse... Je ne voulais vraiment pas être enceinte. Non pas que ce ne soit pas beau et merveilleux pour beaucoup de femmes, mais ce n'était pas mon truc. Ça changeait votre corps, ça changeait votre vie et c'était un énorme fardeau hormonal et émotionnel. Et en étant mère porteuse, on n'avait même pas le bébé à la fin. Lacey n'avait encore rien demandé, et je réfléchissais déjà sans raison. Après tout, John avait trois merveilleuses sœurs, dont deux qui avaient déjà des enfants. Nous savions donc que leurs utérus fonctionnaient très bien.

Il fallait vraiment que j'arrête de m'enfoncer dans un trou mental.

— D'accord, alors, par où commencer ? demandai-je.

Ma mère et ma sœur se regardèrent avant d'éclater de rire.

— Oh, chérie, on a déjà commencé, expliqua ma mère en se penchant et en ramassant le très grand classeur avec la tablette posée dessus.

— Je pensais que c'était une sorte d'album bébé, dis-je en fronçant les sourcils.

— Non, non, non, c'est le livre de mariage.

Elle prononça les mots comme s'ils étaient tous en majuscules et que des anges allaient chanter.

Je fronçai les sourcils.

— Le livre de mariage ? Attends, tu n'en avais pas un comme ça quand tu étais plus jeune, avec lequel tu jouais pendant que tu étais à l'hôpital ?

Ma mère grimaça tandis que Lacey hochait la tête. Maman n'aimait pas parler de cette époque. Chaque fois elle devenait triste et recommençait à penser au cancer. Lacey n'avait pas de problème à dire le mot C, et moi non plus. Maman c'était une autre histoire, donc nous étions toutes les deux prudentes avec elle.

— Ce n'est pas le même livre parce que tu sais, je n'ai plus six ans. Même si c'est là que tout a commencé.

On éclata de rire.

— On a vraiment planifié ce mariage toute ma vie, ajouta-t-elle en haussant les épaules. Je ne savais pas si un jour je me marierais, ou si j'aurais un bal de fin d'année ou si je pourrais apprendre à conduire ou à faire tout ça. Donc, je voulais vivre avec l'idée que je le *pouvais* : avec des robes scintillantes et des fleurs à gogo. Je voulais des lumières et un groupe de musique, et je voulais que mon père danse avec moi et m'accompagne à l'autel. Je voulais tout ça. Alors, maman et moi avons fait le livre de mariage. Ce ne sera plus la même version une fois fini, mais je suis si heureuse de pouvoir réellement le faire.

Elle prit une inspiration tremblante avant de conclure :

— Ce n'est plus seulement un rêve.

J'essuyai discrètement une larme pendant que ma mère se mouchait. Ça faisait plus de dix ans depuis la dernière frayeur, et chaque jour semblait être du temps emprunté, même si Lacey était en parfaite santé. Les dégâts que la chimio, la radiothérapie et les innombrables traitements causaient au corps changeaient tout. J'étais donc décidée à faire tout ce que ma petite sœur me demanderait, même si j'avais l'impression, à la façon dont ma mère et Lacey se regardaient, que le mot *tyran* pourrait être prononcé. Plus d'une fois.

— D'accord. Donc, vous avez déjà répondu à la question de savoir par où commencer. Alors par où *je* commence ?

Lacey sautilla sur la pointe des pieds et vint vers moi, les bras tendus. Je l'étreignis avec force et lui embrassai le haut de la tête. Elle n'avait que quelques centimètres de moins que moi, cependant, je portais des talons et elle était pieds nus comme un petit lutin.

— Eh bien, d'abord, je dois poser la grande question.

Je fis un pas en arrière, les sourcils haussés.

— Ah bon ? Je pensais que John avait déjà posé la question.

— Haha. Veux-tu être mon témoin ?

La chaleur se répandit en moi et je souris.

— Vraiment ? Je pensais que tu demanderais ça à Mary Kate.

Mary Kate et Lacey étaient meilleures amies depuis

une éternité. Elles s'étaient rencontrées dans le service cancérologique pédiatrique, où Lacey était soignée tandis que Mary Kate était là pour sa sœur. La sœur de Mary Kate n'avait pas survécu, ce qui était douloureusement triste. Leur souffrance commune et leurs âges similaires, leur avait permis de nouer une amitié profonde et éternelle, au point que je croyais qu'elles seraient demoiselles d'honneur l'une de l'autre.

— J'y ai pensé, mais au final j'ai décidé que je te voulais. Tu es ma grande sœur. Je te connais depuis plus longtemps. Et tu es aussi une de mes meilleures amies.

Cette fois, j'essuyai mes larmes et embrassai Lacey sur la joue.

— Bien sûr que c'est oui.

— Bon. Parce que j'ai une longue liste pour toi.

Je gémis.

— Tu veux que je sois ton témoin parce que je vais plus facilement accepter tes listes que Mary Kate.

— Eh bien, ça en fait peut-être partie... mais pas seulement.

Elle m'avait bien eue. Complètement et totalement bernée. Mais j'aimais ma petite sœur, alors je ferai en sorte que ça marche. Comme toujours. Même si j'avais le sentiment que cela n'allait pas être amusant du tout.

— J'ai aussi ton classeur, dit-elle en prenant un autre cahier que je n'avais pas encore remarqué. Ce n'est que le pack de démarrage.

La chose pesait environ cinq kilos.

— Le pack de démarrage ?

— Oui. Et une grande partie de ce que nous ferons sera numérisé. De cette façon, nous pourrons toutes le télécharger sur le cloud et être à jour à tout moment en cas d'urgence, ou si nous devons avoir des réunions de dernière minute.

— Des réunions ?

Je savais que ma voix était légèrement paniquée, mais je ne pouvais pas m'en empêcher. Mon Dieu. J'avais un emploi du temps chargé. J'avais ma propre entreprise, mes amis et une vie sociale. Pas énorme, d'accord, et sans amoureux, même si je m'étais promis que j'allais travailler sur ce dernier point. Toute cette affaire de mariage pourrait tout entraver.

Je commençai à feuilleter le cahier en déglutissant. Tout était soigneusement organisé et étiqueté, avec des idées pour les fleurs, la musique, la danse, les nappes, la vaisselle... Tout était codé par couleur et par ordre de priorité. Il y avait toute une section pour la robe, ainsi que les adresses des invités. Les couleurs n'avaient pas encore été choisies, mais il y avait cinq possibilités. Avec ça je devais être capable de tout comprendre. Il y avait même un putain d'organigramme dans ce truc.

Pas étonnant qu'elle veuille que ce soit numérisé.

Ma sœur était une machine et aurait vraiment dû

être organisatrice de mariage au lieu de travailler comme assistante administrative.

— Lacey, tu n'es fiancée que depuis un mois.

— Je sais. Et je suis déjà en retard. Mais ça va quand même, parce que j'ai un plan. Avec le déménagement à venir, nous avons dû avancer un peu le mariage. Mais on va y arriver. J'ai déjà tous les rendez-vous de démarrage. John pourrait ne pas être là chaque fois, parce que vous savez, il a du travail.

Je le savais, et son travail était la raison pour laquelle Lacey déménageait. Ma petite sœur déménageait à travers le pays parce que John avait reçu une bourse incroyable dans un autre hôpital. Une bourse qu'il essayait d'obtenir depuis plusieurs années. Il allait être en mesure de devenir l'un des meilleurs cardiologues du pays, et ma petite sœur allait l'accompagner, fonder cette famille et être la meilleure épouse de médecin de toute l'histoire de l'humanité. Du moins, c'est ce que j'imaginais sur sa to-do list.

Check-list 1 : me marier.

Check-list 2 : fonder une famille.

Check-list 3 : conquérir le monde.

— Est-ce que John va participer ?

Lacey sourit.

— Bien sûr que oui. Il va m'aider à tout choisir. Mais avec son travail, il pourrait ne pas être là à chaque réunion et stratégie de planification. C'est pourquoi j'ai créé ce système détaillé, de sorte qu'il n'ait qu'à choisir parmi ce que nous aurons sélectionné. Il y aura aussi toutes les réunions, et je veux que tu sois là à chaque étape.

— Alors, tu n'engages pas un organisateur de mariage ? dis-je en clignant des yeux.

— Non, je gère. Maman aussi.

Maman saisit la main de Lacey.

— On s'en charge, chérie, dit-elle avant de se tourner vers moi. Et bien sûr, tu aideras avec les fleurs, n'est-ce pas ?

« *Aider* » avec les fleurs. Oh non. Elles voulaient que je le fasse gratuitement ? Avec la taille et l'ampleur de ce mariage – de ce que j'en voyais – ça allait prendre beaucoup de temps, d'énergie, de travail et d'argent.

Ça devait se voir sur mon visage parce que ma mère pinça les lèvres comme si elle avait sucé un citron, et ma sœur leva les yeux au ciel.

— On va te payer, bien sûr.

— Je n'ai rien dit.

— Tu n'as pas eu à le faire. Je sais que tu fais un travail difficile, dit-elle avant de grimacer. Bon, d'accord, on dirait que j'essaie de te calmer. Je *sais* que c'est un vrai métier, donc je ne veux pas de tes fleurs gratuitement. Je veux le meilleur du meilleur. Et tu es la meilleure.

— C'est une parole très gentille.

— Je suis capable d'être gentille. Je suis peut-être un peu psychorigide, mais je veux que tout soit parfait pour le plus beau jour de ma vie. Mais je vais être gentille. Promis.

Sa voix montait progressivement dans les aigus, et le mot *tyran* me traversa à nouveau l'esprit.

Ma petite sœur était la personne la plus douce, merveilleuse et gentille que je connaisse. Oui, parfois, elle faisait les choses un peu à sa façon et ne regardait que son point de vue, mais c'était parce qu'elle avait fonctionné comme ça durant son enfance, quand elle avait dû lutter contre le cancer. Mais malgré cela, je la trouvais quand même incroyable et merveilleuse.

Sauf que ses qualités risquaient d'être enfouies un peu plus profondément sous la « Lacey fiancée ». J'espérais simplement qu'une fois que la « Lacey mariée » aura montré son visage, les choses reviendraient à la normale. Pourtant je sentais que ces prochains mois allaient être longs.

— Quoi qu'il en soit, tu seras mon témoin, et Mary Kate ma demoiselle d'honneur, de même que les sœurs de John.

— Et elles sont toutes d'accord ?

— Oui. John et moi leur avons posé la question en dînant l'autre soir. Je sais que je te le demande en dernier, mais je voulais le faire en face à face. J'espère que ça ne te dérange pas.

— Tout va très bien. Je veux juste faire les choses bien pour toi.

— Tu seras parfaite.

Ça ressemblait plus à une menace qu'à une promesse. Pendant ce temps ma mère nous regardait avec impatience en tapotant son pied au sol.

— Qu'est-ce qui ne va pas, maman ? demandai-je d'une voix légère.

— Nous n'avons pas beaucoup de temps. Il faut qu'on s'y mette.

— Mais je dois retourner travailler. Je ne peux vous consacrer qu'une trentaine de minutes pour le moment.

En voyant les lèvres de ma mère se pincer à nouveau, je posai un sourire éclatant sur mon visage.

— Je ferai de mon mieux pour venir dès que je le pourrai. Tu sais qu'il y a beaucoup à faire pendant cette saison et que je manque de personnel..., expliquai-je avant de secouer la tête. Je vais y arriver. Promis.

— Tu as intérêt, déclara ma sœur en me serrant la main un peu trop fort.

Il était manifestement temps de commencer pour ne plus perdre trop de temps.

— Donc nous sommes cinq demoiselles d'honneur ?

— Oui, et John aura également cinq garçons d'honneur. Tu en connais un d'ailleurs. Caleb ? Il connaît John de-ci de-là. Je ne me souviens pas vraiment comment ils se sont rencontrés. Tu sais, Denver est la plus petite grande ville au monde.

Je conservai mon sourire éclatant, même en battant des cils.

— Caleb Carr ?

— Oui, le grand frère d'Amelia. Il est tellement canon.

— Lacey, la gronda notre mère à travers ses lèvres pincées.

— Je suis fiancée, maman, pas nonne.

Ma mère la fixa un instant avant de sourire.

— C'est vrai que les frères Carr savent remplir un costume.

Je gémis et fermai les yeux en essayant de compter jusqu'à dix.

— C'est une image à laquelle je ne veux plus jamais penser.

— Quoi ? Les frères Carr en costume ? demanda Lacey mielleuse.

— Non, maman qui pense à ça.

Avec Lacey, on éclata de rire pendant que ma mère levait les yeux au ciel.

— On dirait que vous vous imaginez que c'est la cigogne qui vous a déposées au pas de notre porte. Je vous signale que... votre père remplit très bien ses costumes, lui aussi. En fait, l'autre jour...

— Non, non, non. Stop, la coupai-je en riant. Je sais que tu essaies de me faire réagir. Arrête.

— En parlant de réagir, continua ma mère.

Lacey éclata de rire et je fermai les yeux en comptant jusqu'à dix, et essayant de chasser toutes ces pensées de mon esprit.

— Qu'est-ce que j'ai fait pour mériter ça ? Pourquoi moi ?

— Parce que tu es une petite maligne, tout comme ton père. Et je l'aime. Donc je t'aime.

Ma mère m'embrassa sur la joue puis retourna à la tablette qu'elle tenait.

— Alors, il y aura cinq demoiselles et garçons d'honneur de chaque côté, et nous prévoyons quoi ? Trois cents personnes ? dit ma mère.

Lacey hocha la tête. Mes yeux s'écarquillèrent et mon esprit s'embrouilla.

— Trois cents ? Je ne pense pas connaître trois cents personnes.

— Tu connais sûrement trois cents personnes. Je me suis fait beaucoup d'amis au cours de ma vie. Et John aussi. Nous voulons qu'ils soient tous là pour notre journée spéciale.

— Ça va faire beaucoup d'argent, Lacey.

— Je sais. J'en paie une partie. Maman et papa en paient une partie. John et ses parents aussi. Tout va bien. Je te promets que nous n'allons pas dépasser le budget ou péter un plomb. Ce n'est pas pour rien que ce classeur est si détaillé : j'ai passé des années à jouer avec l'idée de planifier un mariage, juste pour le plaisir. Je sais exactement de quel budget j'ai besoin. Je n'ai pas à avoir le meilleur de tout, mais je veux me sentir belle et que ce soit ma journée.

Honteuse, je serrai à nouveau ma sœur dans mes bras.

— Je suis désolée. Je le sais. C'est ta journée, et tu as tout à fait raison. Tu as tellement le sens pratique, même si tu as parfois plus la tête dans les nuages que moi.

— Pour une fleuriste, tu es parfois la personne la moins romantique que je connaisse.

— Peut-être parce que les épines me font toujours saigner, dis-je avant d'embrasser Lacey sur la joue. D'accord, ignore-moi et dis-moi juste quoi faire.

— Comme John n'a pas de frères et qu'il ne savait pas trop comment choisir entre ses amis, il a lancé une pièce pour savoir qui allait être son témoin.

Je hochai la tête, légèrement méfiante.

— O-okayy.

— C'est tombé sur Caleb, déclara-t-elle avec une grimace.

— Pourquoi grimaces-tu ? demanda ma mère.

Moi je le savais : c'était parce que Lacey était au courant. Elle savait tout de mon coup de cœur. Elle l'avait toujours su. Le fait qu'elle ait été délicate en me demandant si je connaissais Caleb en était la preuve. J'allais donc devoir travailler aux côtés de Caleb Carr.

Il n'était pas mon ennemi juré, mais il n'était pas mon avenir.

Pas encore.

— D'accord, est-ce qu'il sait qu'il est témoin ?

— Je ne sais pas. Mais vous allez travailler très étroitement, expliqua-t-elle avant d'arquer les sourcils. Est-ce que ça va aller ?

— Pourquoi ça n'irait pas ? demanda ma mère.

On l'ignora toutes les deux.

— Tout ira bien. Je te le promets. Mais ça me semble beaucoup de coïncidences, dis-je.

— Je te jure qu'on n'a pas fait exprès, protesta Lacey en levant les mains.

— Pourquoi est-ce qu'il ne faut pas que ça soit fait exprès ? demanda ma mère.

Encore une fois, on l'ignora.

— Dans ce cas, super, dis-je avant de marquer une pause. Est-ce que Caleb aura beaucoup de choses à faire ? Je veux dire, je ne savais pas qu'un témoin avait tant de choses à faire. À part la bague, l'enterrement de vie de garçon, et conduire John là-bas.

— Eh bien, ce témoin va devoir faire beaucoup plus parce que, comme je l'ai dit, John va être très occupé...

Lacey se tut et je me figeai.

— À quel point est-ce que je vais devoir travailler avec Caleb ?

— Autant que nécessaire, dit-elle.

Je me demandai si les dés n'étaient pas légèrement pipés après tout. Ma sœur, la fille la plus heureuse du monde, la femme qui pourrait se transformer en mariée tyrannique, jouait à l'entremetteuse.

Même si quelque chose se réchauffait en moi, j'espérais vraiment que ce ne serait pas une erreur.

Chapitre Quatre

Caleb

— Attends. Quoi ? demandai-je en me penchant par-dessus la table du café.

J'écartai mon café pour ne pas le renverser, et quand mon coude tapa dans la petite assiette, heureusement la brioche ne se renversa pas.

Nous étions dans un endroit nommé *Taboo*, qui n'était pas du tout tabou. Peut-être que le propriétaire était tabou, mais ça je n'en savais rien. Il y avait du très bon café, des pâtisseries… et des brioches à la cannelle avec un glaçage bien épais et des bordures parfaites. J'étais plutôt dingue des bordures et non du milieu. Bien sûr, ma sœur qualifiait cela de sacrilège, mais c'était comme ça.

Je me mis alors à penser aux brioches à la cannelle, et j'en eus l'eau à la bouche. Mais il fallait rester concentré sur ce que disait mon ami John Yi.

— Ne t'inquiète pas Caleb. Ça ne représente pas beaucoup de travail.

Je le regardai, interloqué, avant de secouer la tête.

— J'ai dit que je serais un de tes garçons d'honneur, pas ton témoin. Tu n'as pas un cousin ou quelqu'un de la famille pour faire ça ? Quelqu'un qui te connaisse depuis toujours ?

John haussa les épaules, puis recommença à déchirer sa serviette. John faisait toujours ça. Dès qu'il devenait nerveux, il se mettait à déchirer ses serviettes en petits morceaux ou à gratter l'étiquette de sa bouteille de bière. Peu importe que tout aille parfaitement bien dans nos vies, ou qu'il n'y ait pas le moindre stress, John trouvait toujours le moyen de s'inquiéter et de déchirer sa serviette. Je détestais le voir faire ça, parce que je savais que John n'aimait pas donner cette image de lui-même.

— Excuse-moi, murmurai-je en laissant échapper un soupir.

— Non, ça va. J'ai d'autres amis, mais je vous aime tous pareil. Alors, j'ai tiré au sort pour savoir qui serait mon témoin. Tu as battu Matt de peu.

Je hochai la tête. Ça ressemblait bien à John d'avoir fait ça ; mon brillant ami, socialement maladroit mais un type vraiment génial.

Je me considérais parfois comme un peu maladroit socialement, mais pas autant que John. Ça venait surtout du fait que j'avais fait le tour du monde pendant dix ans, et essentiellement dans la nature sauvage de l'Alaska. Je n'avais donc pas fréquenté beaucoup de monde. John avait été l'une de ces personnes, cependant, et il allait se marier. J'aimais bien sa fiancée, mais je ne la connaissais pas très bien. Par contre, je connaissais sa grande sœur, Zoey, et je me doutais donc de celle qui serait le témoin de la mariée.

Génial. J'aimais bien Zoey. Sauf que chaque fois que j'étais près d'elle, mon sexe décidait de faire des choses qu'il ne fallait pas, comme se presser contre ma fermeture éclair et chercher à sortir. J'avais vu un mème une fois où...

Non, stop.

— Je suis honoré, John. Mais je n'ai encore jamais été témoin. Même pas dans l'un des deux mariages de Dimitri.

— C'était Devin ? demanda John.

J'acquiesçai. J'aurais facilement pu être témoin, étant donné que Devin l'avait déjà fait une fois, mais je lui avais proposé de reprendre le rôle.

— Dimitri a enfin trouvé la personne idéale, alors

nous voulions faire les choses correctement. Tu comprends ?

— Eh bien, Lacey sera la seule et unique. Je ne recommencerai pas. Donc, je veux vraiment que tu sois mon témoin. Tu es quelqu'un de bien, tu aimes Lacey et tu m'aimes bien.

— Nous t'aimons tous, John.

John haussa les épaules.

— Peut-être. Mais j'ai encore du mal à oublier mes années scolaires, quand les enfants se moquaient de mon nom de famille ou de mon apparence, ou du fait que je me parlais tout seul quand je résolvais des problèmes mathématiques.

— C'est comme ça que tu résolvais rapidement les problèmes de maths. Tu parlais à voix haute.

Je me fichais vraiment que John soit excentrique. Merde, moi aussi je l'étais. Je ne pouvais rien faire contre le fait que les enfants apprennent de leurs parents à devenir racistes, mais je pouvais soit tenir le manteau de John quand il leur mettait une raclée, soit leur mettre une raclée moi-même. Après tout, si je devais être son témoin, il fallait aussi que je m'occupe de ce genre de choses.

— Je serai ton témoin.

Je remarquai la façon dont ses épaules se relâchèrent. J'aimais bien John et Lacey. Je pouvais le faire, même si je ne savais pas ce qu'il fallait faire.

— Génial. Et je jure que ce ne sera pas beaucoup de travail.

— Alors, je dois juste organiser ton enterrement de vie de garçon, n'est-ce pas ?

John rougit.

— Pas de strip-teaseuse ou ce genre de choses, d'accord ?

Je ricanai.

— Je ne suis vraiment pas du genre strip-teaseuse.

Ce qui surprendrait probablement tous ceux qui pensaient me connaître. On me collait souvent l'étiquette de bad boy. Bien sûr, j'avais eu une adolescence tumultueuse ; j'avais eu quelques égratignures et j'avais été arrêté par les flics à plusieurs reprises et renvoyé à la maison avec les lumières clignotantes à la fenêtre pour réveiller mes parents. Mais je n'étais plus ce gamin, et j'avais beaucoup plus de préoccupations à mon âge que d'aller mater ma prochaine paire de seins.

— Je ne t'emmènerai pas prendre le thé dans un endroit branché ou un truc de ce genre, dis-je en grommelant.

— Ça non plus, répondit John avec un reniflement de mépris. On ira peut-être voir un match ou quelque chose comme ça ? Je ne sais pas. Tu décides. J'ai déjà beaucoup de décisions à prendre, ajouta-t-il en se massant les tempes.

— Lacey s'amuse bien ?

— Je l'aime. Je l'aime de tout mon être. Mais combien de feuilles de calcul est-ce qu'il faut pour planifier un mariage ? Il y a des organigrammes, Caleb. Des organigrammes !

Je souris en imaginant Lacey courir autour de John avec un classeur plein de plans. Ça lui ressemblait.

— Est-ce que Zoey sera sa demoiselle d'honneur ? Non, son témoin, n'est-ce pas ?

— Je pense que tu devrais l'appeler *la meilleure femme*, comme à l'américaine. Elle aimerait probablement ça.

— Probablement.

— Oui, ça sera elle. Et je suis content que tu la connaisses bien, parce que je pense que Lacey va vous faire souvent travailler ensemble.

Il n'y avait aucune insinuation sournoise dans son ton, ni de possibilité que ce soit une tentative de jouer les entremetteurs. C'était simplement l'organisation du mariage qui voulait ça. Ce qui était bien, parce que je ne voulais pas que ça soit fait dans le but de nous rapprocher.

— Oui, c'est une fille sympa.

— C'est plutôt une femme, donc je ne l'appellerais pas une fille ou elle pourrait se fâcher.

— C'est vrai, dis-je en songeant à la façon dont elle râlait quand j'étais là.

Je disais ce genre de choses pour la taquiner. C'était

soit ça, soit me souvenir de la fois où j'aurais pu ne pas être là à temps. Mais je n'allais pas y penser maintenant.

— De toute façon, à part l'enterrement de vie de garçon, qu'est-ce que je dois faire ?

— Je ne sais pas encore, dit John en grimaçant. Lacey va me donner une liste. Ou Lacey donnera la liste à Zoey qui te la donnera. Quoi qu'il en soit, j'ai l'impression que vous allez travailler en étroite collaboration.

Mes sourcils se haussèrent d'étonnement.

— Zoey est à son compte et a un emploi du temps très chargé. Et je travaille aussi à plein temps. De combien de temps est-ce qu'on parle ?

John secoua la tête.

— Pas trop. J'espère que non. Ça dépend vraiment de la façon dont les choses se passeront. Tu comprends ?

— Je ne vois vraiment pas comment je peux t'aider pour ça. Mais je m'assurerai que tu arrives à l'heure à ton mariage, et je tiendrai les alliances et ton discours ou tout ce dont tu auras besoin. Je serai là pour toi. Promis.

— Merci. Je suis content de t'avoir à mes côtés.

— Tu peux compter sur moi. De toute façon tu n'aurais pas pu demander à tes trois sœurs d'être garçon d'honneur ou témoin.

— Je leur ai demandé tu sais, et elles se sont vexées. Elles seront au mariage bien sûr, mais elles ont refusé de se tenir à mes côtés. Ce n'est pas comme si elles étaient mes sœurs après tout. Le sang, tu comprends. Le *sang*.

Je ris.

— C'est encore loin, poursuivit John. Pas tant que ça parce que je déménage et que Lacey aurait aimé avoir plus de temps. Mais elle va être ma femme, et c'est tout ce qui compte.

— Oui, c'est tout ce qui compte.

— C'est un nouvel avenir qui m'attend, tu comprends ? Un avenir auprès de l'amour de ma vie. J'ai hâte.

Je sirotai mon café et hochai la tête en essayant de sourire. Un avenir. Ce serait bien. Savoir exactement où on va et ce qui se passe. Moi je n'en savais rien, et je détestais ça. Je me massai la tempe, puis réalisai que je le faisais et baissai mes mains. Ma tête ne me faisait pas mal, et c'était une bonne chose. Mes paumes n'étaient pas moites et je n'avais pas envie de vomir. Je ne voyais pas des choses que je n'aurais pas dû voir.

Sauf que je ne savais pas ce qui m'attendait.

Mais ça allait. Je pouvais encore avoir un avenir. Ce n'était pas forcément la fin.

— Bref, je dois retourner au travail. Tu es en congé cet après-midi ?

Je hochai la tête.

— Oui, je travaille en dix-quatre pendant ce trimestre pour voir si ça me plaît.

— J'ai toujours voulu faire ça, mais je finis par faire du dix-cinq comme d'habitude.

Je souris.

— Je vois ce que tu veux dire. Je me retrouve à faire des heures supplémentaires.

— Je comprends. J'ai mal au dos et probablement un ulcère.

Je levai les yeux au ciel et dis au revoir alors que John retournait au travail. Je restai là à finir mon café en me demandant ce qu'un témoin devait faire, et ce que ça impliquerait de travailler avec Zoey jour après jour. Zoey, la seule personne qui avait été une constante dans ma vie, à part ma famille. Celle qui semblait hanter mes rêves. En fin de compte, ça n'avait pas d'importance, parce que je n'allais rien tenter. Je n'allais rien faire à ce sujet.

Parce que ce genre d'avenir n'était pas pour moi.

Et si mon destin se mettait vraiment à me faire chier, je n'aurais pas d'avenir du tout.

Zoey

— J'adore les mariages, déclara Amelia en soupirant.

J'eus du mal à ne pas lever les yeux au ciel. J'étais fleuriste et *j'aimais* tout de cette journée spéciale.

Cependant voir mes deux meilleures amies sur leur petit nuage en discutant de leurs mariages était un peu trop, même pour moi. Non pas que je leur en veuille d'être heureuses. D'habitude j'étais aussi excitée qu'elles, mais quand elles viraient princesses Disney et qu'elles soupiraient rêveusement en joignant les mains, j'avais envie de rire.

— Je sais que tu aimes les mariages, dis-je en secouant la tête.

— Ne secoue pas la tête en me regardant. Un jour ça sera toi la mariée, et tu *auras* la fièvre de la mariée. J'ignorais totalement que *j'aurais* un jour la fièvre de la mariée, et je ne sais pas quoi en penser. Je suis devenue ce monstre, et je ne planifie même pas encore mon mariage, dit-elle avant de remuer ses doigts afin de montrer sa bague de fiançailles scintillante. Je n'arrive pas à croire que deux mariages se profilent à l'horizon. En plus de celui de ta sœur !

— Je n'ai *pas* la fièvre de la mariée, réfuta Erin en secouant la tête.

Amelia et moi la fixâmes avant d'éclater de rire.

— Quoi ? Je n'ai pas eu la fièvre de la mariée pour mon premier mariage, et je ne vais pas l'avoir cette fois non plus.

— D'abord, tu étais comme un bébé la première fois que tu t'es mariée, commença Amelia.

Les laissant là, je me remis à travailler sur les

bouquets noués à la main. J'avais un million de choses à faire, et seulement quelques petites heures pour tout terminer. Je finirai à temps, mais je devais me concentrer.

— Sympa, dit Erin d'une voix mordante mais toujours emplie d'affection.

Nous étions amies, après tout. C'était notre façon de plaisanter.

— Deuxièmement, tu en es déjà à ton troisième cahier de projet de mariage.

— Peut-être, mais on vient tout juste de se fiancer, alors je m'amuse. On n'a pas réellement commencé à l'organiser.

Je fermai les yeux et gémis.

— Ne parlons plus de mariage jusqu'à ce que j'en ai fini avec Lacey. Ensuite nous pourrons nous occuper de vous deux. Ça vous va ?

Les filles me regardèrent en fronçant les sourcils.

— Lacey est pire que nous ? demanda Amelia.

— Je ne veux pas dire *pire*, mais uniquement parce que ça serait impoli.

— Dire que j'ai la fièvre de la mariée était impoli, déclara Erin avant de rire. D'accord, vous avez raison. Je ne savais pas que j'allais me *marier*.

Elle prononça le mot « marier » comme s'il avait un M majuscule et qu'il était accentué.

— Vous êtes géniales, et je sais que vous êtes toutes

les deux nouvellement fiancées et que vous vous amusez. Quand vous commencerez à le planifier, je serai là pour vous. Mais s'il vous plaît, ne me mettez pas en numéro d'urgence et ne m'envoyez pas des SMS « urgence nuptiale » dignes du 911.

— On est encore loin de la date. Comment peut-elle avoir des urgences nuptiales ? Elle a peur d'avoir un bouton le jour du mariage ?

Je haussai les épaules.

— Je suis sûre que ça arrivera à l'approche de la cérémonie. En ce moment, elle a peur de ne pas avoir tout ce qu'il faut au moment où elle aura choisi ses couleurs.

Erin hocha la tête.

— Ça va être un grand mariage, et il n'y a pas beaucoup de temps pour tout préparer avec le grand déménagement qui approche à grands pas.

— C'est un vrai sergent instructeur, alors on va y arriver. Elle me fait participer à chaque décision. Même si je n'ai pas vraiment mon mot à dire, je dois être là. J'adore ma sœur, vraiment, mais je ne savais pas que j'allais faire *autant* partie de la planification lorsque j'ai signé.

— Tu as vraiment signé, ou c'est elle qui l'a fait pour toi ?

— Touché, dis-je avant qu'on éclate toutes de rire. Bref, lorsque vous entrerez dans le vif du sujet pour vos mariages, je serai là. Mais s'il vous plaît, n'ayez pas autant besoin d'aide que Lacey.

— Nous ne serons pas si méchantes, déclara Amelia avant de sourire à Erin. Cependant, nous devons décider des témoins.

— S'il vous plaît, pas moi, dis-je avant de rire devant leurs regards offensés. Je blague. Ne soyez simplement pas comme Lacey si c'est moi. Je l'aime, mais bon Dieu.

— Tu vas finir par le coudre au point de croix sur un oreiller.

— On pensait faire en quelque sorte comme les filles dans *Friends*, déclara Erin en souriant.

— Tu veux dire Rachel, Monica et Phoebe ? demandai-je en essayant de me souvenir de l'épisode.

— Exactement. Elles ont décidé d'être témoins chacune à leur tour. Tu n'as qu'à décider qui sera la première.

— C'est une très bonne idée. Mais ta sœur alors ? Ou ma sœur ? demandai-je.

Amelia grimaça.

— Oui, on y a pensé. Si c'est ton choix, ça nous va aussi. Mais si tu n'aimes pas être le témoin de ta sœur, comment ça sera si elle devenait *ton* témoin ?

Des images de l'épisode où Monica avait rendu Phoebe à moitié folle me traversèrent l'esprit.

— Eh bien, Monica a *fait* le job, dis-je.

Erin ricana.

— Ta sœur va te rendre folle. Je l'aime autant que toi, mais…

— Tu la connais à peine.

— D'accord, d'accord. Je *l'aime bien.* C'est une fille formidable. Mais tu as dit toi-même qu'elle serait trop pour toi.

C'était vrai, mais je me sentais un peu mal d'avoir dit ça.

— Et je sais qu'elle m'a choisie comme témoin parce qu'elle sait qu'elle peut faire ce qu'elle veut de moi. C'est ma petite sœur.

Et elle avait failli mourir. Mais je n'eus pas à le dire, car les filles le savaient.

— Alors, je suppose que vous avez raison, ajoutai-je. Je ne voudrais pas de ma sœur comme témoin.

Maintenant je me sentais encore plus mal.

— Moi, j'en ai déjà parlé à ma sœur, déclara Erin. Elle est beaucoup trop occupée avec les filles et son quotidien. Et puis elle est à nouveau enceinte.

Elle sourit à ce mot.

— Vraiment ? dis-je en tapant dans mes mains.

— Oui. C'est prévu aux alentours du mariage si nous restons sur la date initialement choisie. Je lui ai dit que nous pouvions attendre, mais elle a refusé. Elle a demandé si elle pouvait s'asseoir plutôt que d'être debout. Mais nous sommes inquiets, car elle a été alitée pour ses autres grossesses.

— Je comprends, dis-je en marquant une pause. Mais ça ira, non ?

— On l'espère. Ma sœur est la personne la plus forte que je connaisse. Alors, oui, elle ira bien. Mais je ne veux pas rajouter à son stress. Elle sera demoiselle d'honneur dans l'esprit, mais ne fera pas partie de la noce. Je veux que ça soit vous, d'accord ?

— Ça sera parfait, dis-je en lui serrant la main tandis que de l'autre je tenais mon bouquet.

— Puisque tu es super occupée avec Lacey, nous coupa Amelia, je devrais peut-être être le témoin d'Erin parce que son mariage sera avant le mien. Et puis tu pourras être le mien, et Erin sera le tien.

— Ça me va, dis-je.

Les filles applaudirent à nouveau.

Mariée...

— Sauf, ajoutai-je, que je ne suis pas fiancée. On devra peut-être attendre un moment.

Ou, même l'éternité.

— On ne sait jamais. Nous ne cherchions pas l'amour quand c'est arrivé.

Je battis des cils aux paroles d'Erin, puis regardai Amelia.

— D'accord, dit Amelia. Je cherchais l'amour quand j'ai trouvé Tucker, mais ce n'était pas lui que je cherchais.

Avec Erin on laissa échapper un « Oooh » attendri.

— Oui, je l'aime tellement.

Amelia recommençait à ressembler à une princesse Disney, et je levai les yeux au ciel avant de retourner à ma tâche. Je me blessai avec une épine et râlai contre moi-même avant d'aller me laver la main. Je nettoyai la plaie, ajoutai une crème désinfectante, puis retournai au travail. C'était ma routine.

Les filles me donnèrent un coup demain. Elles avaient pris sur leur pause déjeuner pour m'aider. Je devais préparer les fleurs pour un grand mariage – des centres de table, des bouquets, des boutonnières et des petits bouquets pour les mères. Beaucoup de choses à faire, mais c'était faisable.

Erin avait terminé autant que possible le gâteau de mariage. Elle comptait travailler sur le reste le lendemain matin, le jour du mariage. Amelia ne faisait pas partie du contrat car c'était une cérémonie en salle et ils n'avaient pas besoin de paysagiste, mais on s'amusait bien.

J'adorais mon travail, vraiment, mais l'idée d'autant de mariages en même temps était un peu écrasante. Et ça me rappelait que oui, il y avait un marié imaginaire dans mon mariage de rêve.

Caleb. Et je n'avais toujours pas de plan pour qu'il me remarque.

Peut-être que j'avais juste besoin de traîner autour

de lui. Et avec le projet de mariage de Lacey, c'était peut-être faisable ?

— Alors, est-ce que toi et Caleb travaillez ensemble ? demanda Erin

Je m'entaillai à nouveau le doigt. Comment cette femme faisait pour deviner chaque fois quand je pensais à Caleb ?

— Merde, m'écriai-je en allant me relaver le doigt.

— Des soucis ? demanda Amelia ironique.

Elles m'avaient vue me poignarder les doigts un nombre incalculable de fois, alors elles savaient que je n'étais pas vraiment blessée.

— Il n'y a que des épines. Ça me gonfle. Et je ne travaille pas tant que ça avec Caleb.

J'essayais d'être décontractée, mais les filles se regardèrent. On ne parla pas de mon coup de cœur pour Caleb car elles savaient déjà, mais elles furent assez gentilles pour me mentir. Pas avec des mots, certes, mais en faisant comme si de rien n'était. Et ça m'allait très bien. Je devais d'abord accepter mes sentiments pour Caleb, ce que j'essayais activement de faire.

— Lacey veut en savoir plus sur ce que John a prévu pour son enterrement de vie de garçon, donc je vais bientôt devoir appeler Caleb. Et puis il y a quelque chose à propos des smokings sur ma liste. Donc, je devrais travailler souvent avec Caleb, mais pas pour le moment.

— Et ça te va ? demanda Amelia avec désinvolture.

— Oui, nous sommes amis. On est un groupe. Tu te souviens ?

— Oui, nous sommes amis.

Je ne manquai pas le ton d'Erin, mais je l'ignorai. Je ne savais pas comment ça allait se passer et je ne savais pas si je devais le faire. Après tout, je me lançais dans quelque chose d'énorme, sauf que je devais faire ce saut.

J'allais donc devoir l'appeler.

Même si j'étais morte de peur à cette idée.

Chapitre Cinq

Caleb

J'ÉTAIS ASSIS DERRIÈRE MON BUREAU EN ESSAYANT de ne pas vomir. Pourquoi fallait-il que ça arrive maintenant ? Ah oui, parce que ça arrivait n'importe quand, à tout moment de la journée. Certains avaient des signes, des indices pour se repérer, mais moi non. Je ne savais pas quand les migraines pouvaient frapper, mais je savais qu'elles seraient terribles.

Celle d'aujourd'hui n'allait pas être trop terrible. Si ça restait un mal de tête normal, je pourrais continuer à travailler. Un ami de mon frère avait des migraines semblables aux miennes. Du genre à vous empêcher de manger ou d'ouvrir les yeux.

Les miennes s'empiraient, mais le problème c'était qu'elles étaient accompagnées d'autres symptômes physiques. Ajoutez à cela le fait que je n'étais jamais sûr si ce que je voyais était réel... Où était la réalité ? Où était la fiction ? Qu'est-ce qu'une illusion ?

Ça me foutait la trouille.

Du fait de mes migraines invalidantes, je ne travaillais plus avec mes mains. Je n'étais plus sur le terrain, je n'étais plus en Alaska. J'étais de retour à la maison. De retour à Denver. Parce que j'avais besoin de ma famille, de mes frères et de ma sœur. Et j'avais besoin de comprendre ce qui n'allait pas chez moi. Mais aucun de ces scans ne pouvait m'aider à comprendre.

Du moins, c'est ce qu'ils m'avaient dit. Ils avaient besoin de plus d'informations.

Et je détestais ne pas en avoir à donner.

Mon estomac me faisait mal et mes paumes étaient moites, mais je continuai à travailler sur les plans du prochain site. J'étais passé à la construction en rentrant à Denver, pensant que je pourrais peut-être à nouveau travailler de mes mains. Mais je ne pouvais pas.

J'avais quelques amis dans le milieu, qui ironiquement faisaient à présent partie de la famille de Dimitri. Le petit monde qu'était Denver... Je ne travaillais pas pour eux, mais dans une entreprise qui travaillait parfois avec eux.

En ce moment mon travail consistait à superviser et faire avancer tous les petits détails d'un chantier de construction pour une grande entreprise. Je devais donc connaître tous les détails, gérer les e-mails, les appels téléphoniques, le matériel et toute cette merde. C'était moi qui faisais à présent toute la planification et j'en avais l'expérience. Après tout, je l'avais un peu fait quand j'étais en Alaska.

Sauf que maintenant je le faisais avec un putain de mal de tête qui ne me laissait pas en paix.

Je détestais me sentir faible, mais c'était ce que je ressentais : faible et comme un pauvre perdant.

— Caleb, comment ça avance sur ce projet ? demanda Bobby en passant devant ma porte.

J'avais un bureau d'angle. Je gagnais bien ma vie et je portais un costume quand j'en avais envie. Il fallait être élégant avec les clients, et porter un jean sur les chantiers. J'adorais mon travail. Je l'aimais vraiment, mais je détestais avoir dû changer de métier parce que mon cerveau ne pouvait plus faire ce que je lui demandais.

— J'ai presque fini. Tu en as besoin ?

Bobby secoua la tête.

— Non, je posais juste la question. Je travaille sur le mien, mais tu es toujours meilleur que moi pour la supervision. Je ne sais pas comment tu arrives à stocker tous ces détails dans ta tête sans avoir à ouvrir cinquante feuilles de calcul.

Je souris.

— Non, je n'ai que cinq feuilles de calcul qui font office de tableaux croisés. As-tu déjà entendu parler d'un tableau croisé dynamique ? C'est une réponse divine à l'organisation.

Bobby ouvrit de grands yeux.

— Quand tu dis des choses comme ça, on a du mal à t'imaginer dans ton dernier emploi.

— Quoi ? Tu es en train de dire que les brutes et les chaudronniers ne peuvent pas avoir de cervelle ? demandai-je sur le ton de la plaisanterie.

J'étais habitué à ce qu'on pense que mes frères et sœur étaient les plus intelligents et que je n'étais qu'un simplet qui travaillait de ses mains. Mais l'entendre de la bouche d'un collègue qui connaissait mon travail, ne me plaisait pas vraiment. Surtout quand ce collègue demandait constamment de l'aide dès qu'il ne comprenait pas quelque chose.

Cependant je n'allais pas changer les mentalités. Je ne pouvais que vivre ma vie et espérer que les gens s'en rendraient compte.

Bobby sourit et ses joues se couvrirent de rouge.

— Je n'ai pas dit ça. Je disais simplement que j'aurais

aimé qu'il y en ait huit comme toi pour qu'on puisse aller plus vite.

— Les choses ne vont pas vite dans la construction. Tu le sais.

— C'est vrai. Tu vas te rendre sur le chantier pour rencontrer la nouvelle équipe ? demanda-t-il en basculant d'avant en arrière sur ses talons.

L'homme était incapable de rester immobile. C'était probablement la raison pour laquelle il craignait les feuilles de calcul et la concentration.

— Je pense le faire un peu plus tard. Peut-être demain. Voir ce qu'ils font.

— Je sais que le gars avec qui nous travaillons est bon, mais je n'aime pas sa nouvelle équipe.

— C'est un peu compliqué avec l'ancien patron qui faisait n'importe quoi. Toute l'ancienne équipe s'est dispersée dans les deux plus grandes entreprises de la ville.

À savoir les deux entreprises de construction liées à la famille de Dimitri. Mais je ne le dis pas. J'avais refusé de travailler chez les Montgomery ou les Gallagher parce que je ne voulais pas user de mes relations. Je me serais probablement tiré une balle dans le pied si je l'avais fait. De plus, travailler avec les meilleurs signifiait qu'il fallait aussi donner le meilleur. Sauf que j'aimais bien travailler avec une entreprise qui patauge, car je voulais participer à l'amélioration. Et je le faisais.

Cependant, ça voulait aussi dire que je devais gérer les conneries de l'ancien patron et le fait que nous avions perdu les trois quarts de notre effectif au cours des deux dernières années. Nous *commencions* tout doucement à aller mieux. Du moins, je l'espérais.

— Comment tu te sens ? Tu es un peu pâle.

Bobby ne savait pas que j'étais malade. Personne ne le savait. Oh, mes frères et sœur avaient probablement compris que quelque chose n'allait pas, mais ils ne savaient pas que j'avais l'impression de mourir. Ce n'était pas le cas : je n'allais pas mourir. Rien ne pouvait encore l'affirmer. Ce n'est pas parce que mon cerveau était en panne que c'était la fin de tout.

— Je crois que j'ai juste besoin de manger.

— Tu as encore sauté le déjeuner ? demanda Bobby.

— Oui.

Ce n'était pas vraiment un mensonge. Mon estomac n'avait pas pu supporter le repas de midi, et donc je n'avais pas mangé. Ça n'avait probablement pas aidé pour mon mal de tête, mais je ne pouvais pas revenir en arrière et déjeuner.

— Tu devrais aller manger quelque chose, mec. Ton cerveau est incroyable, mais tu ne peux pas travailler si tu as faim.

— C'est vrai. J'ai presque fini de toute façon, et ensuite je rentrerai.

— C'est bien. Mais tu peux d'abord me donner un coup de main ?

Je souris et acquiesçai. J'avais deviné en voyant Bobby devant ma porte, qu'il avait besoin d'aide. C'est ainsi qu'il faisait, en général. Je ne pensais pas qu'il resterait longtemps ici, mais nous n'étions pas en position de faire les difficiles, et même si Bobby était lent à comprendre, il était dévoué. Et bon sang, l'entreprise avait besoin d'esprit de dévouement. Donc j'allais l'aider autant que possible parce que je ne voulais pas que l'entreprise échoue. Et nos concurrents non plus, car c'étaient de bons gars. Parfois, j'aurais même préféré travailler pour eux plutôt que là où j'étais.

J'aidai Bobby dans son travail et je retournai au mien en ignorant les battements dans mes tempes. Ça allait passer. Ce n'était pas une véritable migraine et je n'avais pas d'hallucinations, comme ça avait été le cas une fois. C'était juste un petit mal de tête.

Mon téléphone sonna. Heureusement, ça ne résonna pas dans ma tête. C'était un progrès. La dernière fois que j'avais reçu un SMS, j'avais eu l'impression que quelqu'un me frappait la tête avec mon téléphone.

Je baissai les yeux et mon sexe durcit. Génial, apparemment, rien que son nom me faisait ça ces temps-ci. Ça n'avait pas toujours été le cas, mais depuis que j'étais revenu, j'avais de plus en plus de mal à la voir comme une simple amie.

Zoey : *Salut, j'ai besoin d'informations de ta part pour Lacey. Tu as une seconde ?*

Moi : *Qu'est-ce que je peux faire pour toi ?*

C'était une question à double sens, mais je préférais ne pas y penser. Zoey était gentille, douce. Et pas pour moi.

Zoey : *Lacey veut des détails sur l'enterrement de vie de garçon.*

Je fronçai les sourcils, inquiet à l'idée que Lacey surveille son fiancé. Non pas que ça me regarde, mais je ne pouvais pas m'en empêcher.

Moi : *Ça ne regarde que John, non ?*

Zoey : *Oui, mais elle veut des précisions pour l'inscrire dans son cahier. Et j'ai aussi des questions sur les boutonnières. J'ai un doute, même si je suis fleuriste. Quand aurais-tu le temps d'en parler ?*

Mon estomac gronda, mais ma tête commençait à aller mieux. C'était bon signe. Pourquoi ne pas commettre une éventuelle erreur ?

Moi : *Ce soir ? Parlons pendant le dîner.*

Il y a eu une si longue pause que j'eus peur d'avoir fait une erreur. Une grosse erreur.

Zoey : *Le dîner ?*

Moi : *Tu sais, le truc qu'on mange, généralement le*

soir. Je pensais à un steak, mais on peut manger du poisson. Ou des sushis.

Zoey : *Les sushis, c'est du poisson.*

Je souris. Personne ne me faisait autant sourire qu'elle, même ma propre famille. C'était la première fois que je voyais les choses sous cet angle. Humm...

Moi : *Quand je pense au poisson, je pense à la morue ou au flétan. Les sushis sont des sushis.*

Zoey : *Ça n'a aucun sens.*

Moi : *Probablement pas, mais maintenant j'ai faim. Dîner ?*

Moi : *On parlera mariage et on se débarrassera de ça.*

Zoey : *Tu as l'air si enthousiaste. Mais pourquoi pas ? Où et quand ?*

Je pensai à mon resto asiatique préféré qui avait de la morue au miso, des sushis et des produits autres que le poisson au cas où. Je lui donnai le nom, l'endroit et l'heure.

Zoey : *Ça me va, mais je dois te prévenir, je suis d'humeur grincheuse.*

Moi : *Je ne pensais pas que ce soit possible, mais j'aime bien Grincheux.*

Zoey : *Tu es prévenu.*

Moi : *D'accord.*

Prévenu ? Ça me plaisait. Mais je détestais voir

Zoey de cette façon, parce qu'elle était une amie et rien de plus. Mais rien de moins non plus.

Et pourtant... je la voulais. Merde.

* * *

Zoey

Qu'est-ce que j'étais en train de faire ? Dîner ? Avec Caleb ? Ah oui, ça faisait tout à fait partie de mon plan. Vous savez ? Celui qui n'existait pas ? Parce que si *j'avais* vraiment eu un plan, peut-être que je *lui* aurais demandé qu'on dîne ensemble plutôt que ce soit lui qui le fasse ? Mais revenons au fait que je n'avais pas de plan parce que j'avais trop peur d'en imaginer un.

Là ! C'était dit. J'avais trop peur pour imaginer un plan. Et si ça ne marchait pas ? Et si je découvrais qu'il ne m'aimait pas ou qu'il voulait seulement qu'on soit amis ? Et s'il ne voulait même pas faire *ça* ? Peut-être que chaque fois durant toutes ces années où il était apparu dans ma vie, ce n'était que par pur hasard ? Qu'il avait été juste forcé de me croiser durant nos voyages à travers le monde ?

Que ce n'était pas le destin ?

Tout cela n'était qu'une malheureuse coïncidence. Il

n'avait probablement même pas réalisé que chaque fois que je le voyais – sauf quand nous étions en famille – il était accompagné d'une femme différente... même s'il ne sortait peut-être pas avec la femme en question. Je veux dire, je ne pouvais pas vraiment parler de rencard entre lui et cette fillette sur la plage quand nous étions enfants. Sauf que dans mon esprit d'enfant, ça en avait été un. Il sortait avec cette fille, et tous deux allaient vivre une vie parfaite dans une maison de fromage et de bonheur, et j'allais être l'ogre au sous-sol. J'ignorais pourquoi je pensais que je vivrais dans leur sous-sol, mais j'avais huit ans, et je ne pouvais empêcher mon esprit de divaguer.

Et ce n'était pas facile que Caleb ait si bon goût en matière de femmes. J'avais aimé chacune des femmes ou filles avec qui je l'avais vu au fil des ans. Toutes. Même si je ne les avais vues que de loin.

Elles étaient gentilles, polies, pas du tout sarcastiques ou méchantes comme dans les films ou les livres. C'étaient juste des femmes bien que Caleb avait fréquentées. Elles ne m'avaient jamais rabaissée. Peut-être parce qu'elles se disaient que je n'avais aucune chance avec lui, mais je ne pensais pas que ce soit ça. Caleb avait simplement très bon goût, et ça en disait long sur lui. C'était probablement pour ça que je l'aimais autant.

Il fallait vraiment que j'arrête de cogiter, parce que

ça pouvait très bien faire partie de mon plan, même si c'était lui qui m'avait demandé de sortir. Ça pourrait être le début de notre avenir. Non pas que je sache ce que pouvait être notre avenir, mais je voulais essayer.

Je me relavai rapidement les mains, et grimaçai au tiraillement de mes blessures. Aucune quantité de crème désinfectante n'allait m'aider à éviter les cicatrices. Les roses avaient des épines, et mon avenir aussi.

Peut-être que je pourrais me faire tatouer ces mots ?

Je souris en réalisant à quel point c'était mélodramatique. Mais c'était plus fort que moi. J'aimais les fleurs et l'amour.

Je passai mes mains sur ma robe pull et mon legging en espérant ne pas avoir l'air trop ridicule. C'était ce que j'avais porté sous mon tablier toute la journée et j'espérais que ça irait. C'était déjà une victoire que je n'aie aucune tache visible. De plus, ce n'était pas un rendez-vous, c'était juste un dîner pour parler d'un mariage... autre que le mien. Donc, tout allait bien. J'allais bien.

Et il fallait vraiment que j'arrête d'utiliser le mot « bien ».

Je boitillai jusqu'au restaurant car j'avais mal au dos de m'être penchée sur la table toute la journée. Je ne pus m'empêcher de sourire à la façon dont Caleb avait plaisanté avec moi au sujet du poisson et des sushis. C'était n'importe quoi, et tout semblait si naturel. Et *c'était* normal. Ce n'est pas parce que j'avais un *crush* irrationnel pour lui, que nous ne pouvions pas rester amis. Parce que nous *étions* amis. Depuis aussi longtemps que je m'en souvienne.

Je connaissais Caleb depuis plus longtemps qu'Amelia. J'avais quelques années de plus qu'elle, et ça n'a été que plus tard qu'elle et moi étions devenues vraiment amies.

Quant à Caleb, on avait toujours été à proximité. Dans le même voisinage... dans notre partie du cosmos. Nous avions le même âge après tout, avions été dans les mêmes classes, parcouru les mêmes couloirs.

Nous avions toujours été dans la vie l'un de l'autre. Sauf qu'il ignorait ce que je ressentais, ça j'en étais certaine. S'il l'avait su, il se serait peut-être sauvé en criant... ou fait quelque chose. Du moins, j'aimais à penser que ça aurait été ce dernier. Ou peut-être qu'il fallait qu'il ne le sache *pas* afin de me trouver par lui-même. Ou peut-être que je devais arrêter d'avoir la tête dans les nuages.

Je tournai au coin de la rue et me dirigeai vers l'entrée du restaurant. Caleb était déjà là, les mains dans les poches de son pantalon de ville et les manches retroussées. On ne voyait que ses avant-bras, mais je ne pus m'empêcher de tomber en pâmoison. Il y avait quelque chose de très sexy dans les avant-bras d'un homme. J'ignorais pourquoi d'ailleurs. Ce n'étaient que des avant-bras. Mais l'apparence de Caleb : tonique, bronzé et musclé...

Je repoussai aussitôt ces pensées, parce qu'il était hors de question que je bave devant Caleb Carr. Du moins maintenant.

— Tu es là, dit-il en me serrant dans ses bras.

Je me laissai aller contre lui et fis de mon mieux pour ne pas inspirer son odeur. Je ne voulais pas passer pour une harceleuse.

— Bien sûr que je suis là, dis-je en souriant. C'est pour Lacey et John, après tout.

Menteuse.

— Alors, des sushis ? demanda-t-il alors que nous entrions.

Il fit signe à l'hôtesse qui lui sourit en ouvrant de grands yeux et en le passant en revue tout en se mordillant la lèvre.

Comment lui en vouloir étant donné que je faisais pareil ?

On s'installa près d'une fenêtre et je regardai le menu.

— Pour répondre à ta question, les sushis ont l'air formidables. Peut-être que tu aimerais aussi des rouleaux de printemps à partager ?

— Ils ont des yakitoris aussi. Je crois que je pourrais manger un camion entier de tout.

— Vraiment ?

— Oui, je n'ai pas eu faim de toute la journée, mais maintenant je suis affamé, répondit-il, sans préciser pourquoi il n'avait pas eu faim.

Il semblait légèrement pâle, et j'espérais qu'il ne couvait pas quelque chose.

— Tu veux que je commande pour nous deux ? demanda Caleb en regardant le menu.

— Tu penses vraiment que tu peux commander ce que j'aime ?

— Je te connais, Zoey. Je sais que tu n'aimes pas les crevettes ou le crabe, ce qui est hilarant étant donné que tu aimes les sushis.

— Tu n'en manges pas non plus.

— C'est vrai. Dimitri est allergique aux crustacés, j'ai donc grandi sans en manger.

— Ah oui, je me souviens vaguement que tu en avais parlé.

— Alors, que dirais-tu de commander du thon, du saumon et des sérioles ?

— Oui, avec des trucs rouges et croquants.

— Ah oui, des rouleaux épicés de saumon.

Il souriait lorsque la serveuse s'approcha, et commanda un plateau de sushis et deux entrées.

Il ne commanda pas de bière, juste une eau pour lui, et je fis de même. Je devais garder les idées claires quand Caleb était là, et c'était déjà assez difficile sans alcool.

— D'accord, tu es prêt à parler mariage ? demandai-je en m'appuyant au dossier de mon siège et en prenant mon sac.

— Oui. Je suppose.

Je sortis ma tablette de mon sac et commençai à chercher.

— Il y en a beaucoup, murmura Caleb, les yeux écarquillés.

— Ne me lance pas là-dessus. Je te jure, j'aime ma sœur, mais elle est folle.

— John a dit quelque chose de similaire.

Mon regard se leva et les yeux de Caleb s'écarquillèrent.

— Non, pas qu'elle soit folle, dit-il en riant. Seulement qu'elle avait planifié beaucoup de choses et qu'elle savait ce qu'elle voulait – ou du moins ce qu'il fallait faire. Elle est vraiment très organisée. Je te jure, il n'a rien dit de mal. Seulement qu'il était dépassé.

— Je suis dépassée également. Et je sais que John ne dirait pas de mal d'elle. Il l'aime jusqu'à la lune.

— C'est mignon de dire ça. Il devient parfois si anxieux qu'il se replie en lui-même. Mais Lacey lui donne vie. Tu vois ce que je veux dire ?

Je souris en m'adossant à mon siège.

— Tu as raison.

— Alors, ce mariage ?

Je me raclai la gorge et me forçai à détourner le regard. J'étais là pour parler du projet de mariage.

— Alors, l'enterrement de vie de garçon ?

— John ne veut pas de strip-teaseuse, dit-il rapidement.

— Je ne pensais pas qu'il lui dirait, mais c'est bon à savoir, dis-je en notant. Quels sont tes plans ?

— Nous allons voir un match.

— Un match ?

— Je sais que c'est vague, nous n'avons pas encore décidé, dit Caleb en grimaçant. J'ai été occupé.

— Je vais simplement dire à Lacey que tu y réfléchis encore et qu'on verra après. Parce que si je reviens sans rien, elle va me tuer.

— Il y aura un match si nous pouvons avoir des billets. Et un dîner. Et probablement du whisky. Mais pas trop parce que John ne tient pas l'alcool, et que je n'aime pas me saouler.

— Alors... du whisky, des cigares et un sport de ballon.

— Oui, mais peut-être pas de cigares, parce qu'encore une fois, ça rend John malade.

— Il est si mignon.

— Oui, il est adorable, dit-il, pince-sans-rire.

J'éclatai de rire. C'était agréable d'avoir une conversation et l'impression d'avoir un rencard, même si ce n'était pas le cas. Je *l'appréciais* tellement. On passa en revue plusieurs choses pour le mariage, et au moment où le plateau de sushis arriva, je riais si fort que je pouvais à peine respirer. J'aimais cette version de Caleb, le débonnaire qui accordait une attention sans réserve à la personne en face de lui.

— Caleb ? demanda notre serveuse en posant le plateau. Je ne savais pas que tu étais ici. Tu aurais dû t'asseoir dans ma section.

Elle se pencha et l'embrassa sur la joue.

— Salut, Ana, répondit-il en souriant. Je te présente Zoey. C'est l'amie de ma sœur, Amelia.

— Bonsoir. J'espère que vous apprécierez votre repas. Caleb est génial, n'est-ce pas ?

Ana ne le toucha plus et ne le revendiqua pas, mais je voulais quand même ramper sous la table et mourir.

L'amie d'Amelia. Rien de plus, et apparemment, beaucoup moins. Évidemment qu'une ex-petite amie serait là. Bien sûr qu'il y aurait une femme avec qui il serait sorti. Il y en avait probablement un millier tapies dans l'ombre, attendant de surgir pour dire bonjour.

Ana n'avait pas l'air territoriale. Elle n'avait pas non plus l'air de vouloir Caleb. C'était juste un bonjour et un au revoir.

— Il est super. Merci pour le plat.

Avais-je l'air arrogante ? J'espérais que non.

Ce n'était pas de la faute d'Ana si je cogitais. Et si ça avait été un vrai rencard ? Ana *l'avait* embrassé pour lui dire bonjour, ce que je n'avais pas aimé. Apparemment aux yeux du monde entier, nous n'avions pas l'air de sortir ensemble.

— Bon appétit, et faites-moi savoir si vous avez besoin de quoi que ce soit. C'était bon de te revoir, Caleb.

Elle lui fit un signe de la main puis se dirigea vers sa section.

— Alors, tu veux commencer par le saumon ou le thon ? demandai-je en essayant de changer de sujet.

— Ana est mariée. Ironiquement, je suis sorti avec elle et sa femme, Sasha... séparément. Je les ai présentées.

Mes yeux s'agrandirent tandis que je mélangeais le wasabi à ma sauce soja.

— Je n'ai pas demandé.

— Tu n'étais pas obligée. C'était un peu bizarre qu'elle arrive comme ça. Surtout qu'on aurait pu croire qu'on sortait ensemble, même si ce n'est pas le cas.

Mon regard se leva et je renversai presque mon bol de sauce soja.

— Oui, c'était un peu bizarre. Mais, comme tu l'as dit, nous ne sortons pas ensemble, donc ce n'est pas grave. Quoi qu'il en soit, thon ou saumon ? demandai-je à toute vitesse.

Caleb m'étudia un instant avant de prendre ses baguettes.

— Commençons par le thon.

— Ça me va.

J'avais envie de ramper sous un rocher. Parce que j'étais jalouse. Jalouse de son passé, envieuse des femmes qui n'étaient plus avec lui.

J'ignorais ce qu'il fallait en penser. Parce que je ne voulais pas être cette personne. Mais, honnêtement... si ça avait été un rencart ?

On n'en reparla plus et on se concentra sur le mariage, et *uniquement* sur le mariage. On vida nos assiettes, on rit et plaisanta, et on fit comme s'il ne s'était rien passé d'étrange. Peut-être que c'était le cas. Peut-être que tout cela n'était que dans ma tête.

Cette partie de mon plan inexistant ne fonctionnait pas très bien. On se rendit au parking et je sortis mon téléphone pour appeler un taxi.

— Tu as marché jusqu'ici ? demanda Caleb avec inquiétude.

— Amelia est venue me chercher pour aller à la salle de sport ce matin, et ensuite je suis venue à pied depuis ma boutique. J'avais l'intention de prendre un taxi de toute façon. Amelia a rendez-vous avec Tucker ce soir.

— Je vais te ramener, déclara Caleb en secouant la tête.

— Tu n'es pas obligé.

De plus, être dans un espace clos avec Caleb Carr n'était probablement pas la meilleure des idées. Cependant, on se retrouva devant son véhicule juste au moment où je me disais cela.

— Monte, Zoey.

Je levai les yeux au ciel face à son ton bourru, mais montai quand même. Mauvaise décision ou pas, j'allais économiser de l'argent sur le taxi.

On parla de tout et de rien pendant le trajet, des projets de mariage et de la météo. Tandis qu'on discutait, je me demandai si je n'avais pas commis une erreur. Peut-être que je devais oublier Caleb ? De toute évidence, il n'était pas intéressé. Il fallait peut-être passer à autre chose.

Il se gara dans mon allée et éteignit le véhicule. Je fronçai les sourcils.

— Qu'est-ce qui ne va pas ? Pourquoi est-ce que tu éteins la voiture ?

— Je te raccompagne jusqu'à ta porte.

Je secouai ma tête.

— Je suis une grande fille.

— Une grande fille qui va sortir son cul de la voiture pour que je la raccompagne jusqu'à sa porte

— Tu es très agréable, dis donc.

— J'essaie. Maintenant, bouge-toi, Zoey.

Je pris mon sac et descendis de la voiture en me demandant ce qui lui prenait. Une fois arrivée à la porte, et il fut soudain là, tout près de moi.

— Qu'y a-t-il, Caleb ?

— Je ne sais pas, gronda-t-il avant de baisser la tête.

Mon pouls s'accéléra et je n'arrivais plus à respirer. Quand ses lèvres se posèrent sur les miennes, je me demandai si je n'étais pas morte et montée dans mon paradis personnel, mon tourment, ma folie.

Mais alors ses lèvres se pressèrent plus fermement, et je fus perdue.

Chapitre Six

Caleb

Mes lèvres étaient sur celles de Zoey, et je me foutais que ce soit une erreur. À cet instant tout m'était égal : qu'il y ait du monde, mon travail ou les résultats de mes tests.

Je m'en foutais, parce que les mains de Zoey étaient posées sur mon dos, que ses ongles s'enfonçaient dans ma peau à travers mon T-shirt et qu'elle m'embrassait avec la même urgence que moi.

Je ne m'étais jamais autorisé à y penser, même si ça faisait bien trop longtemps que j'en avais envie. Je n'avais jamais pensé que j'en avais le droit. Mais à cet instant, elle était à moi. Ses caresses, son goût... tout était à moi. C'était un mélange enivrant qui faisait courir des frissons le long de mon dos alors même que j'approfondissais le baiser et que j'inclinais sa tête. Il m'en fallait davantage. J'en voulais plus.

Elle avait le goût des desserts que nous avions mangés et de Zoey. Je ne savais pas qu'une personne pouvait avoir un goût. Comment n'avais-je pas réalisé que ce serait le cas avec elle ? Qu'elle aurait son propre goût qui irait directement à mon sexe et le ferait se presser contre la fermeture éclair de mon pantalon ? Comment n'avais-je pas su qu'elle me ferait cet effet ? Que j'en voudrais plus ?

Mais alors que je gémissais et qu'elle soupirait, je sus qu'une part de moi l'avait toujours su.

Chaque fois que je l'avais vue quand nous étions enfants, adolescents ou même adultes, une petite part de moi l'avait su.

J'adorais être près d'elle. J'adorais la façon dont elle riait, souriait et rougissait. Elle rayonnait de bonheur, même quand elle n'était pas si heureuse que ça. Je savais qu'elle avait traversé l'enfer quand elle était enfant et qu'elle en était ressortie plus forte. Elle avait toujours eu un sourire pour moi, peu importe ce qui se passait dans sa vie. *Elle souriait pour moi*.

Elle l'avait également fait ce soir, et à présent mes lèvres étaient sur les siennes, et je ne voulais pas m'arrêter.

Même s'il le fallait vraiment.

Je m'éloignai légèrement, la respiration aussi haletante que la sienne alors que je posais mon front contre le sien.

— Nous aurions dû le faire il y a des années, lâchai-je sans me rendre compte de ce que je disais.

— C'était quoi, ça ? demanda-t-elle, essoufflée.

Je déglutis avec effort en cherchant ce que je pourrais dire. Ce que je ressentais n'avait rien à voir avec un mal de tête : c'était un tourbillon de mots et de pensées qui n'avaient aucun sens.

Comment en étions-nous arrivés là ?

Pourquoi ?

— On aurait dû le faire avant, répétai-je.

— Tu m'as embrassée.

— Tu m'as embrassé en retour.

Elle s'éloigna et rentra avant de commencer à faire les cent pas.

— Tu ne m'avais encore jamais embrassée.

Je glissai mes mains dans mes poches.

— Tu ne voulais pas que je t'embrasse ?

— Je... je...

Sa voix s'éteignit et elle rougit jusqu'au bout des

oreilles. Elle secoua la tête, et si ce n'était pas le fait qu'elle semblait à court de mots, j'aurais ressenti ce « non » muet jusqu'au plus profond de mon âme. Peut-être qu'elle ne savait pas quoi dire. Après tout, je ne savais pas quoi dire non plus.

Je n'avais pas prévu d'embrasser Zoey ce soir, mais bon sang, je ne le regrettais absolument pas.

— Je ne sais toujours pas ce que c'était, murmura-t-elle.

— Je vais être honnête et t'avouer que je ne sais pas vraiment non plus.

Elle me regarda et éclata de rire.

— Quoi ? Qu'est-ce qu'il y a de drôle ?

— Je ne doute pas que tu saches tout des baisers, Caleb Carr.

— Pourquoi est-ce que tu m'appelles comme ça ? Comme si les deux noms n'étaient qu'un seul mot. Comme un titre.

En la voyant secouer la tête et se détourner, je me sentis empli de regrets.

— Je suis désolé, dis-je en avançant d'un pas.

Elle se retourna et leva le menton.

— Désolé de m'avoir embrassée ? Merci beaucoup.

— Je ne suis pas désolé de t'avoir embrassée, parce que je ne le suis pas. Je suis désolé de te blesser, visiblement. Je ne sais pas ce que j'ai fait ou dit, mais je m'excuse pour ce que je te fais ressentir. Peut-être que tu ne voulais pas que je t'embrasse. J'ai cru que si. J'ai peut-être mal lu les signes.

— Tu n'as pas mal lu les signes, murmura-t-elle.

— Très bien alors.

J'étais généralement plus doué que ça avec les mots, mais là, je n'y arrivais pas. Mon pouls commença alors à accélérer et ma tête à pulser. Merde. Il fallait que je rentre à la maison où j'allais avoir une véritable migraine. Personne n'avait besoin de voir ça, encore moins Zoey.

Zoey.

Qu'est-ce que je faisais ? Je me tenais dans son entrée comme si j'avais le droit de commencer quelque chose. Mais je n'arrivais pas à m'éloigner. Pas maintenant. Et si je le faisais, et que tout changeait ? Je ne connaissais pas les réponses, mais je savais une chose : si je partais sans rien dire, je le regretterais. Et j'espérais qu'elle le regretterait peut-être aussi.

— Tu ne m'as jamais embrassée avant. Pourquoi m'embrasser maintenant ? demanda Zoey.

— J'imagine que « *parce que j'en avais envie* » n'est pas une bonne réponse ? répondis-je honnêtement.

Elle me fixa et j'essayai en vain de déchiffrer son expression.

— En fait, c'est une assez bonne réponse, répondit-elle finalement avant de recommencer à faire les cent pas. Je ne m'attendais pas à ça. Ça ne faisait pas partie du plan, ajouta-t-elle avant de se figer.

— Quel plan ?

— Rien. Il n'y a pas de plan. Je plaisantais. Il n'y a jamais eu de plan.

— Tu m'intrigues. Est-ce qu'il y avait un plan pour moi, Zoey ?

Ces regards que j'avais surpris étaient-ils réels ? Me désirait-elle autant que je la désirais, même si je ne savais pas trop à quel point je la désirais ? Après tout, je ne m'étais jamais permis de penser à ça. D'ailleurs mieux valait que je ne me projette pas trop dans l'avenir. Pourtant j'allais le faire, ne serait-ce pour un court moment.

— Je crois que tu devrais y aller. Oui, tu devrais y aller parce que ce serait mieux pour tout le monde. C'est juste que... tout est si compliqué, tu comprends ? dit-elle rapidement.

— Je ne sais pas si je dois te croire.

— Je ne sais pas, Caleb. J'ai pensé que peut-être... Non, tant pis. Il faudrait beaucoup trop d'honnêteté pour démêler les choses. Tu comprends ?

— Je dois dire que non.

— C'est juste que je ne m'y attendais pas... mais je ne sais pas. Caleb ?

— Oui ?

— Tu m'as embrassée et je ne sais pas ce que ça

signifie. Surtout que j'ai beaucoup aimé. Parce que je ne vais pas te mentir : j'ai *vraiment* aimé ça.

— Moi aussi, Zoey, dis-je d'une voix douce.

Ses yeux s'assombrirent légèrement. J'aurais voulu considérer cela comme une bonne chose, mais je n'en étais pas sûr.

— Maintenant que j'y pense... c'est très délicat.

— Parce que tu es la meilleure amie de ma sœur et de la fiancée de mon frère ?

— Ça, et aussi parce que j'aime à penser qu'on est amis.

Je fis quelques pas en avant et pris son visage dans mes mains, ce qui nous surprit tous les deux.

— Tu es mon amie, Zoey, depuis que tu es petite. Je t'ai sauvée sur la plage ce jour-là, tu te souviens ? À Hawaï, rien que ça !

Elle essuya une larme et j'en fus surpris.

— Je ne pensais pas que tu t'en souviendrais.

— Bien sûr que je m'en souviens. Ça m'a fait peur que tu puisses mourir, même si je n'étais qu'un enfant.

— Je ne courrais aucun danger.

— La noyade n'est pas une blague, Zoey.

— J'aurais trouvé le sol. J'aurais fini par me relever. Comme toujours.

N'était-ce pas la vérité ?

— Oui, comme toujours. Je veux encore t'embrasser, Zoey.

— Je crois que j'aimerais aussi que tu le fasses.

À peine avais-je baissé la tête que mon téléphone sonna. Elle sourit contre mes lèvres.

— Tu devrais décrocher.

— Au contraire, je devrais l'ignorer.

— Ta belle-sœur est enceinte et des gens comptent sur toi. Tu devrais voir ça, dit-elle en s'écartant.

Je soupirai en sortant mon téléphone de ma poche.

Joey : *Salut. Tu es libre ce soir ? Je me sens seule.*

Je gémis et fourrai mon téléphone dans ma poche après avoir coupé le son.

— Laisse-moi deviner, une femme ? demanda Zoey.

— Personne à qui je compte répondre.

— C'est vraiment ironique, dit-elle en riant.

— En quoi est-ce ironique ? demandai-je en fronçant les sourcils. Je ne lui ai pas demandé de m'envoyer un SMS.

— Non, tu ne le fais jamais.

— Hé, ce n'est pas très gentil.

— Non, mais c'est la vie. Je pense que j'ai besoin d'être un peu seule pour faire le point. Tu devrais rentrer chez toi.

— Je n'ai pas demandé à Joey de m'envoyer un SMS.

— Je sais bien que tu ne lui as pas demandé et que c'est moi qui t'ai forcé à vérifier ton téléphone. C'est juste l'ironie de la situation qui me frappe, parce que je n'avais pas de plan.

— Je ne comprends rien à ce que tu dis, Zoey.

— Je ne me comprends pas non plus.

— J'aimerais encore t'embrasser.

— Je pense que j'aimerais aussi. Mais pas ce soir. Nous devions discuter du mariage et nous l'avons fait. Et on a tous les deux eu une journée chargée. Je me suis levée très tôt, et je n'avais pas de plan pour ce soir.

— Tu n'arrêtes pas de parler de ton plan.

— Qui n'existe pas, alors je vais arrêter d'en parler !

Elle poussa un soupir et se dirigea vers la porte. En passant devant moi, je lui caressai le bras.

— Tu devrais y aller, Caleb, dit-elle en frissonnant.

— Je n'irai pas la rejoindre, Zoey. Je ne lui répondrai probablement même pas.

— Tu devrais lui répondre. Sois gentil, quoi qu'il arrive. Ne pas recevoir de réponse à un SMS est blessant.

— Ça m'est déjà arrivé de ne pas répondre à tes SMS ? demandai-je, inquiet à l'idée de l'avoir blessée.

Elle secoua la tête.

— Non. Tu fais toujours très attention, parce que tu as toujours été mon ami. Mais même si tu ne vas pas la voir, et je te crois parce que tu n'es pas ce genre de personne, tu devrais quand même le lui dire. Rompre avec elle, tu comprends ?

— Oui. C'est juste bizarre.

— Bizarre une rupture ?

— Non, bizarre d'envoyer un SMS à une autre femme après t'avoir embrassée.

— Eh bien, il n'y a rien de banal chez nous, n'est-ce pas ?

— Non, je suppose que tu as raison.

— Merci pour cette soirée, Caleb. Le dîner et la discussion autour du mariage, dit-elle avant de marquer une pause. Et ce baiser. Parce que ce serait impoli de ne pas te remercier pour ça aussi.

Je voulus l'embrasser à nouveau, mais je me retins. Surtout parce que je ne savais pas si je le devais. Après tout j'étais bien en train de me dire, il y a à peine une heure, que ça ne mènerait nulle part. Et voilà que j'étais là à l'embrasser et à en vouloir plus. Je ne savais même pas si j'avais plus à donner. Pas avec tout ce qui se passait.

Alors même que je pensais cela, ma tête commença à pulser, et je réalisai que je ne serais bientôt plus en mesure de conduire. Alors, je lui fis un signe de tête crispé et passai mes doigts sur sa joue, parce que je ne *pouvais pas* m'empêcher de la toucher.

— À bientôt, Zoey, murmurai-je.

— Oui, pour le projet de mariage.

— Et plus. Parce que je ne vais pas oublier ce baiser.

— Moi non plus.

Elle me sourit et je lui fis un clin d'œil avant de me diriger vers ma voiture. Ma tête me faisait mal et la bile me montait à la gorge. Je savais qu'il ne me restait pas beaucoup de temps pour rentrer chez moi et éteindre les lumières. J'aurais voulu penser à Zoey, lui envoyer un message, flirter et faire tout ce qu'un gars normal ferait. Mais ce n'était pas possible. Pas avec une migraine à venir et qui pourrait devenir bien pire.

Mon Dieu, j'avais soudain peur que ce baiser soit une autre hallucination. Je n'en avais plus eu après cette seule et unique fois en Alaska, mais ça m'avait suffisamment effrayé pour que je quitte mon travail et change de carrière.

Les médecins n'avaient rien trouvé d'anormal chez moi, et c'est ce qui me faisait encore plus peur.

Une fois chez moi, je vomis sur le carrelage de l'entrée. Je jurai et me traînai jusqu'à la cuisine pour récupérer mes produits ménagers, mais les odeurs et les mouvements me firent vomir à nouveau.

Merde. Je n'allais pas y arriver. Je ne pourrai pas le faire tout seul. Toute idée de Zoey disparut. Je sortis mon téléphone et appelai mon grand frère. J'avais besoin de lui. J'appelai sans faire attention, et c'est Dimitri qui répondit. Il n'était pas le plus proche en termes de géographie.

— Salut, dis-je sans trop être sûr de parler à voix haute.

— Caleb ? Qu'est-ce qu'il y a ?

— Tu peux venir ? dis-je d'une voix étouffée avant de tousser. Besoin d'aide.

— Thea et moi avons mangé chez Devin et nous venons de partir. Nous ne sommes pas très loin. Tu veux que j'amène Devin ?

— On doit appeler le 9-1-1 ? demanda Thea.

Je compris qu'ils utilisaient le Bluetooth de leur voiture.

— Non, j'ai juste besoin de toi. Utilise ta clé.

Je raccrochai et fermai les yeux en me servant de la fraîcheur du carrelage contre ma joue pour ralentir ma respiration.

— Oh, merde, entendis-je dire Dimitri en entrant.

Je n'avais même pas conscience du temps qui s'était écoulé. Merde.

— Je vais nettoyer. Dois-je appeler le 9-1-1 ? Je vais le faire tout de suite, fit Thea.

— Est-ce que le vomi va faire vomir Thea aussi ? demandai-je d'une voix pâteuse.

— Le vomi ne me dérange pas. Et une fois que le bébé là, je suis sûre qu'il vomira souvent. Autant m'y habituer.

J'ouvris un œil tandis que Dimitri s'agenouillait près de moi et que Thea se dandinait plus loin.

— Je vais nettoyer le bazar, et Dimitri va te mettre au lit. Et puis tu vas nous dire ce qui se passe. D'accord ?

Elle pressa l'épaule de son mari et se dandina jusqu'à l'endroit où je gardais les serpillières.

— Thea Carr, va t'asseoir. Je vais nettoyer.

J'adorais quand mon grand frère devenait ronchon. Il aimait sa femme plus que tout, à l'exception peut-être de leur golden retriever.

— Et Captain ? demandai-je, la tête battante.

— Notre adorable chien dort et va bien. J'ai envoyé un SMS à la sœur de Thea pour qu'elle aille voir s'il a à manger et à boire ou besoin de sortir. Tu sais qu'en cas de besoin, tout le clan Montgomery et Carr est là.

— J'ai juste besoin qu'on m'aide à me relever. J'ai mal à la tête.

— Migraine ? demanda Dimitri à voix basse.

— Oui, merci d'avoir chuchoté.

J'ignorais si je pouvais supporter une voix trop forte. Ou même une voix normale.

— Pas de soucis. J'ai déjà vu ça, mais là ça a quand même l'air sérieux.

— Ça l'est.

J'essayai de me lever, mais Dimitri jura dans sa barbe et glissa son épaule sous mon aisselle. Je m'appuyai contre mon grand frère et me traînai jusqu'au canapé où il me fit asseoir.

— Tu sais, tu es le plus grand d'entre nous, et je ne pense pas être assez fort pour te porter si tu es évanoui.

— Gringalet, dis-je en essayant de rire, avant de gémir.

Je savais que je n'aurais pas dû faire ça.

— J'éteins toutes les lumières, dit Thea en se dandinant.

Je n'aurais jamais osé lui dire en face qu'elle se dandinait. Elle était à la fois magnifique et hilarante avec son gros ventre qui la précédait partout de trois bonnes secondes.

— Je vais mettre des petits draps sur tes lampes. J'aimerais avoir mes écharpes pour que ça ne fasse pas trop ridicule.

— Laisse-la faire son nid pendant que je m'occupe de toi, grommela Dimitri à voix basse.

— Les migraines, c'est nul, murmurai-je quand il revint avec un gant de toilette frais et qu'il m'essuya le front.

— Il ne s'agit que de migraines ? demanda Dimitri. Même si ce n'est pas rien une migraine.

— J'ai fait un scanner. Pas de tumeurs.

Thea prit une profonde inspiration et je me détestai d'avoir dit ça devant elle. Je ne voulais pas la stresser pendant sa grossesse, même si elle allait bien.

— Je ne veux pas faire de mal au bébé, tu devrais peut-être aller dans l'autre pièce, chuchotai-je.

— Le bébé va bien, c'est pour toi que je m'inquiète.

J'entendis plus que vis Thea s'asseoir sur la chaise à mes côtés pendant que Dimitri l'aidait.

— Doit-on appeler ton médecin ? demanda Dimitri.

Je faillis secouer la tête avant de me raviser.

— Je vais bien, murmurai-je à nouveau. J'essaie d'en trouver la cause, mais je ne sais pas encore.

— On en parlera demain matin.

— Je ne veux pas parler.

— Tu vas nous dire ce qui se passe. Nous sommes ta famille. Ce n'est pas pour rien si tu es revenu ici. Laisse-nous t'aider.

— Il n'y a rien à dire. Des migraines, une hallucination, pas de tumeur au cerveau. Nous essayons toujours de comprendre d'où ça vient, mais jusqu'ici, juste ces putains de migraines.

— D'accord, dit Dimitri en laissant échapper un souffle tremblant. Dors un peu. Nous verrons quoi faire plus tard. Ensemble. Tu n'es pas seul.

J'aurais pu argumenter, mais j'en étais incapable et je n'en avais pas envie. Après tout, ce n'était pas pour rien si j'étais revenu à Denver : il fallait que je leur dise. Leur cacher la vérité était juste stupide. Au fond de moi, j'avais tellement peur. Et s'il y avait une tumeur et qu'ils ne l'avaient pas vue ? Et si c'était pire ? Et s'il s'agissait d'une maladie neurologique pas encore identifiée ?

J'ignorais ce qui allait suivre, mais je savais en tout

cas que mon corps détestait mon esprit et que mon esprit détestait mon corps.

Je n'avais pas le droit d'embrasser Zoey. Pas le droit de tenter ma chance alors que je n'étais même pas sûr de mon avenir.

Je m'endormis alors que Dimitri et Thea chuchotaient à côté, parfaitement conscient que j'embrasserai à nouveau Zoey. Car c'était ce que je voulais. J'avais tellement peur de ce qui arriverait si j'arrêtais de vivre.

Tellement peur.

Chapitre Sept

Zoey

Jour quatre-vingt-quatorze sans plan. Peut-être moins, mais mon absence de stratégie était évidente. Je ne comprenais pas pourquoi c'était si dur. Pourtant j'adorais planifier et faire des listes, mais que je sois incapable de le faire dès qu'il était question de mes sentiments pour Caleb me rendait perplexe.

Pourtant ça n'aurait pas dû être si difficile. Il *devait* bien y avoir une certaine forme de sentiments de son côté. Après tout, je n'avais fait que penser à *ce baiser* des derniers jours.

Il m'avait embrassée.

Moi.

Comment était-ce possible ?

Il s'était penché, avait posé ses lèvres sur les miennes, probablement comme pour toutes les autres filles qu'il avait embrassées avant moi, et m'avait embrassée avec passion. Et j'avais essayé de suivre. Apparemment, c'était mon lot dans la vie : essayer de suivre Caleb Carr. J'ignorais ce qu'il fallait faire. Je m'étais dit que j'allais le faire tomber amoureux de moi, mais maintenant qu'il m'avait embrassée, je me demandais si c'était une bonne idée. Et si j'allais trop vite et que je gâchais tout ? Et s'il tombait juste un peu amoureux de moi, et que ça gâchait tout ?

Je chassai ces pensées en réalisant que je m'inquiétais pour quelque chose qui ne signifiait probablement rien. Après tout, ce n'était qu'un baiser. Il fallait que je continue à réfléchir à un plan...

Mais est-ce qu'un stratagème ne risquait pas de tout empirer ? Tant pis, j'allais quand même en élaborer un. Il le fallait. Je ne pouvais plus rester sans rien faire et passer à côté de ma vie. Je ne pouvais pas être l'éternelle demoiselle d'honneur dans un océan de mariages – même si ces mariages marquaient aussi une nouvelle étape de ma vie.

Je ne pouvais pas rester la fleuriste en échec amoureux. Terminé.

Je me regardai dans le miroir, repoussai mes cheveux clairs derrière mes oreilles et hochai la tête.

Je mérite l'amour.

— Je mérite l'amour, répétai-je à voix haute.

Et si ce n'était pas l'amour, être au moins appréciée. Parce que si je me cachais trop longtemps sous mes sentiments, mes angoisses et mes inquiétudes, je ne serais jamais la Zoey que j'avais besoin d'être.

Ces mots seraient mon mantra à partir de maintenant, mais il fallait que je me calme. J'aimais Caleb depuis si longtemps que j'avais presque oublié ce que c'était que de ne *pas* ressentir cela pour lui, et ce n'était pas sain. Donc, j'allais être moi-même et essayer de montrer à Caleb à côté de quoi il passait.

Je devais juste surmonter le fait qu'il y aurait probablement beaucoup de femmes dans sa vie. Beaucoup. Même si elles semblaient toutes géniales et très proches de lui – ou du moins en très bons termes – je devais m'habituer au fait qu'elles apparaîtraient constamment jusqu'à la fin de ma vie.

Quand mon téléphone sonna, je baissai les yeux et retins un gémissement.

Lacey : *Où es-tu ? Tu es en retard.*

Je fronçai les sourcils.

Moi : *Je ne suis pas en retard. Tu as dit que je devais être là dans une heure.*

J'avais travaillé toute la nuit pour finir des bouquets

de mariage, et j'avais mal à la tête en raison du manque de sommeil. Aucune quantité de café ni de thé vert n'aurait pu me permettre de rester pleinement fonctionnelle aujourd'hui. Ça ne m'avait pas non plus aidée de passer la nuit à rêver de Caleb.

— Pourquoi est-ce que je suis comme ça ? marmonnai-je en attrapant mon sac.

J'avais prévu d'aller manger quelque chose, mais alors que mon téléphone sonnait à nouveau – sûrement Lacey – je me dis qu'une barre protéinée et un soda feraient l'affaire.

Génial.

Lacey : *Non, j'ai changé. Tu n'as pas regardé sur le calendrier ? J'ai lancé une alerte.*

Je levai les yeux au ciel, sortis la tablette et consultai le logiciel de planification de ma sœur. En effet, il y avait une alerte, mais ça ne m'avait pas envoyé de notification car je n'étais pas folle : j'avais bloqué toutes les notifications provenant des applications.

Lacey n'allait pas être contente, donc autant ne rien lui dire.

Moi : *Je pars bientôt. J'arrive.*

Lacey : *Active les notifications. Je sais que tu ne veux pas, mais il y a tellement à faire. Je ne peux pas te laisser nous ralentir.*

J'aime ma sœur. J'aime ma sœur. J'aime ma sœur.

Si je me le répétais en boucle, peut-être que je réussirais à ne pas m'énerver. Parce que, bon sang, ma petite sœur allait me rendre folle.

Je pris ma voiture et me rendis chez ma mère. Nous nous réunissions chez elle pour parler du mariage car Lacey et John étaient dans les cartons. Lacey triait tout ce qui devait être emmené, vendu ou donné. Je savais que ma sœur était très occupée avec ça, en plus de son travail et du mariage, donc je faisais de mon mieux pour ne pas la stresser davantage. Quant à ma mère, elle s'inquiétait pour sa santé. Après tout, le stress et un degré élevé d'anxiété pouvaient entraîner une fatigue excessive chez Lacey. Ma sœur n'avait pas la même énergie que moi, même si je n'étais pas la personne la plus énergique au monde. Mais c'était ce qui se passait quand on recevait de grosses quantités de produits chimiques alors qu'on n'avait même pas l'âge de monter dans les montagnes russes.

Lacey : *Tu es là ?*

Je reniflai en me garant dans l'allée. Seule ma sœur poserait une question pareille alors que je n'étais pas encore sortie de la voiture et qu'il était hors de question que j'envoie un SMS en conduisant. Je descendis du véhicule et ma mère ouvrit la porte sans même que j'aie le temps de frapper ou d'ouvrir toute seule.

— Zoey, dit ma mère, d'un ton déçu.

— Salut, maman, je suis là. En avance par rapport à

ce qui avait été prévu, dis-je en mordant dans ma barre protéinée.

— C'est tout ce que tu manges ?

— Oui, je suis désolée. Je n'ai pas vu l'heure mise à jour. De toute façon, je n'aurais pas pu venir plus tôt et j'avais prévu de manger pendant notre rendez-vous. Désolée.

— J'ai des sandwichs au concombre si tu veux. Nous prenions le thé en t'attendant.

Le thé... Et je n'avais pas été invitée. Mais ce n'était pas grave. Je n'étais pas vraiment jalouse. J'avais travaillé toute la journée, mes mains me faisaient mal à force de tordre des tiges, j'avais une coupure au pouce qui me faisait souffrir, et je ne raffolais pas de thé. Le thé, c'était le truc de ma mère et Lacey, tandis que maman et moi aimions faire d'autres choses ensemble. Je détestais le fait de me sentir jalouse, parce que ça n'avait rien à voir avec le fait de vouloir être avec ma mère ou Lacey ; c'était le fait que j'étais là, et que personne ne semblait en être reconnaissant.

Et waouh, c'était une pensée bien ingrate. J'allais la chasser de mon esprit et y réfléchir plus tard.

— Merci, j'adorerais un sandwich, s'il vous en reste, dis-je en l'embrassant. Tu es très belle, maman.

J'étais sincère. Ma mère était superbe, comme toujours. Elle avait tendance à dire qu'elle avait vieilli de vingt ans quand Lacey était tombée malade, mais je ne trouvais pas. À mon sens, la force et la détermination qui imprégnaient ses os et ses veines la rendaient encore plus belle. Mais je gardais ça pour moi, car elle n'aimait pas qu'on le lui rappelle. Après tout, la présence de Lacey nous rappelait constamment que nous avions failli la perdre. Et c'était pour ça que je n'allais pas paniquer et me stresser avec les exigences de Lacey ; elle flippait assez pour deux. J'allais prendre sur moi et essayer de faire mieux dans tout ce truc de demoiselle d'honneur et de témoin.

— Merci, chérie. Tu es superbe aussi. Mais qu'est-il arrivé à ta pauvre main ? demanda-t-elle en prenant mon pouce.

— Épine, dis-je en grimaçant.

— Est-ce que l'une de tes employées ne pourrait pas s'occuper des épines ?

On entra dans la maison et j'entendis Lacey parler au téléphone. Sa voix était animée mais heureuse. C'était bon signe.

— Pas vraiment. Il faut bien composer avec tous les aspects de son métier. On a fermé la boutique aujourd'hui car j'ai travaillé très tard la nuit dernière et qu'il fallait que je sois là aujourd'hui. Je suis vraiment désolée de ne pas être arrivée à l'heure. Je n'ai pas vu la mise à jour.

— Tu vas activer les notifications, n'est-ce pas ?

Je grimaçai.

— Je déteste ça.

— Et voilà que tu geins. Tu n'es pas une pleurnicheuse en général.

— Non, c'est vrai. Je vais essayer de faire mieux.

Je dis « essayer » parce que je n'étais vraiment pas sûre de vouloir activer les notifications.

On continua à avancer dans la maison et je faillis trébucher.

Lacey ne parlait pas au téléphone. Non, elle parlait mariage avec quelqu'un, à savoir le témoin : Caleb... dans le salon de ma mère. Il était très très séduisant vêtu d'un polo avec des manches remontées jusqu'aux coudes et d'un jean qui mettait en valeur ses très belles cuisses.

J'étais vouée à l'enfer. Un très, très bel enfer avec probablement tous mes amis.

— Tu es là, dit Lacey. On peut commencer.

Comme le dos de Lacey était tourné vers Caleb, elle ne le vit pas écarquiller les yeux. Je fis de mon mieux pour ne pas sourire parce que la mimique de Caleb était assez hilarante.

— Oui, je suis là. Excusez mon retard.

— Ce n'est rien, dit Lacey en faisant le tour de la table et prenant sa tablette, ainsi que son gros classeur. Commençons : planification de mariage, nous voilà !

Je m'assis à côté de Caleb. J'aurais pu mentir et dire que c'était le seul siège disponible, mais ce n'était pas le cas. Je voulais juste m'asseoir près de lui, et puis les deux témoins devaient être assis l'un près de l'autre, n'est-ce pas ? Bien sûr, ce n'était pas vrai non plus. C'était uniquement parce que j'en avais envie. Peut-être que cela pourrait faire partie de mon plan ? Celui qui n'existait pas encore ?

— Il faudrait aussi que Zoey mange quelque chose.

Lacey fronça les sourcils.

— Pourquoi n'as-tu pas mangé avant de venir ? Tu aurais dû venir à l'heure et prendre le thé avec nous. Caleb a pris du thé.

Je regardai Caleb et souris.

— Tu as pris du thé ?

— J'adore le Earl Grey bien chaud.

— D'accord, Jean-Luc, dis-je, moqueuse.

— Tu vois, j'ai toujours su que tu n'étais pas mon amie pour rien. Tu connais les blagues Star Trek et tu as bon appétit.

Mes sourcils se haussèrent sans que je sache quoi répondre, quand ma mère me tendit un verre de thé froid et une assiette de sandwichs.

— Je sais que tu n'es pas une grande fan de thé, alors je n'ai pas pris la peine de le réchauffer. Mais je peux le faire si tu veux.

Je secouai la tête.

— Non, ça ira. J'ai déjà bu un thé vert tout à l'heure, mais la théine me fera du bien. Ne t'embête pas. Merci.

Je posai le tout sur la table basse et commençai à grignoter pendant que Lacey parlait.

— Votre attention, les troupes, voici le point d'avancement de la journée.

Je risquai un coup d'œil à Caleb et dus détourner rapidement le regard lorsque ses lèvres commencèrent à se retrousser. Je n'allais pas rire, mais sérieusement, les « *troupes* » ? Oui, ça allait être une journée intéressante.

— John aurait vraiment voulu être là, mais il travaille. Alors je vais tout mettre sur le logiciel de planification pour qu'il sache où on en est.

— Super. Je n'aurai donc pas à me souvenir de tout.

Lacey tourna son regard vers Caleb avant de sourire gentiment.

— J'espère que tu t'en souviendras quand même. De cette façon, tu pourras être un relais pour toutes ses questions.

— Tu es quand même mieux indiquée que moi pour ça, rétorqua Caleb.

Je continuai à manger, nullement désireuse de m'en mêler. C'était assez hilarant de voir quelqu'un tenir tête à Lacey au sujet de son mariage.

— On peut aussi travailler tous ensemble. C'est la raison de notre présence ici, après tout. Et maintenant que tout le monde est enfin là, on peut commencer.

J'ignorai cette petite vanne parce que, franchement,

j'étais à l'heure : l'heure qui avait été inscrite jusqu'à 2 heures ce matin.

— Nous devons revoir l'heure où débutera la réception et la répétition.

— Suis-je censé prendre des notes ? demanda Caleb.

Les yeux de Lacey s'écarquillèrent et ma mère ouvrit la bouche pour parler, mais j'enfonçai un morceau de sandwich dans la bouche de Caleb avant qu'il ne puisse dire autre chose.

— Mange ça et prends des notes.

Il se mit à mâcher en me regardant.

— Je sais que ça fait beaucoup d'œstrogènes pour toi, mais tu peux y arriver, ajoutai-je.

Il avala, le regard toujours rivé sur moi alors qu'il prenait mon thé et le buvait sans me demander la permission... et je trouvai ça vraiment excitant. Je perdais la tête.

— Il me faut du papier ?

— Utilise ta tablette, dis-je.

Il haussa un sourcil et prit une autre gorgée de mon thé avant de poser le verre et de prendre sa tablette.

— Allons-y. Dites-moi ce que je peux faire.

— Tu vas regretter d'avoir dit ça, murmurai-je.

Je vis alors que ma mère avait entendu, mais heureusement, elle ne fit aucun commentaire car Lacey avait recommencé.

Quand ma sœur eut terminé son introduction, je retins un gémissement. Cette réunion allait être longue.

Deux heures et demie plus tard, après deux verres de thé glacé en plus du café et du thé vert que j'avais déjà pris, j'avais vraiment envie de faire pipi.

— Je suis désolée mais je dois vraiment aller aux toilettes.

Lacey soupira et roula ses épaules en arrière.

— Oui, nous en sommes probablement à la moitié. C'est le bon moment pour faire une pause.

— Euh, à la moitié ? m'exclamai-je abasourdie.

— Nous avons beaucoup à faire aujourd'hui.

Caleb s'éclaircit la voix.

— J'adorerais rester, mais j'ai du travail. Tu peux mettre le reste sur la tablette ?

— Bien sûr, Caleb, dit Lacey.

J'en restai bouché bée. Vraiment ? Il était autorisé à partir aussi facilement alors que quand il s'agissait de moi, c'était comme si je commettais un crime ? Ma sœur avait vraiment perdu la tête.

Mais avant que je ne puisse dire quoi que ce soit – même si je n'aurais rien dit – ma vessie me rappela à l'ordre. Je me précipitai aux toilettes et fis aussi vite que possible. Peut-être qu'avec un peu de chance, je pourrai me faufiler par derrière sans qu'on me remarque.

Je me lavais les mains quand quelqu'un frappa à la porte.

— J'ai presque fini, Lacey. Je te promets que je ne traîne pas.

J'entendis alors un rire rauque.

— Caleb ? dis-je en ouvrant la porte.

Il me repoussa et se glissa dans la pièce avant de tourner la serrure.

— Qu'est-ce que tu fais ?

Caleb haussa les épaules.

— Il fallait que je fasse une pause parce que je ne pense pas que ta sœur me laissera partir. Je suis sûr qu'elle fait garder la maison par des chiens d'attaque.

Mes lèvres se contractèrent.

— Sois gentil.

— C'est toi qui es trop gentille. Tu ne peux pas laisser Lacey te marcher dessus comme ça.

— C'est comme ça depuis toujours, dis-je avant d'ouvrir de grands yeux. Je ne voulais pas dire ça comme ça.

— Je le sais. Mais c'est ce que tu fais en ce moment.

— Ce n'est pas mon but. Je... veux juste qu'elle soit heureuse, dis-je en haussant les épaules.

Il passa ses jointures sur ma joue et je m'humectai les lèvres.

— Et elle peut l'être. Mais elle n'a pas besoin de prendre le contrôle de ta vie pour ça.

— Tu es là aussi.

— Parce que j'avais besoin de te parler.

Je me figeai et le regardai avec de grands yeux.

— Tu es resté assis là à écouter tout son speech sur le mariage, juste pour me parler ? Le téléphone, ça existe, Caleb Carr.

Quand il sourit, mes ovaires explosèrent. Merde.

— J'adore quand tu m'appelles par mon nom complet. Comme pour un titre.

— Plus comme un juron.

Il se pencha vers moi et je déglutis en le regardant.

— Caleb, nous ne pouvons pas. C'est la salle de bain de ma mère.

— Rien qu'un peu. Promis.

— Un peu de quoi ?

Mais je n'arrivais plus à réfléchir car ses lèvres étaient sur les miennes et que j'essayais de ne pas gémir. Il glissa ses mains autour de moi avant d'empoigner mes fesses pour me rapprocher de lui. Je pouvais sentir sa longue et dure érection alors que je me laissais aller contre lui comme une véritable dévergondée. Et j'adorais ça. Je me fichais de faire sûrement assez de bruit pour rameuter tout le quartier, ou ma mère. La seule chose qui comptait, c'était d'avoir la bouche de Caleb sur la mienne et de mêler son goût au mien.

Je passai mes mains dans ses cheveux et il gronda en me soulevant légèrement pour poser mes fesses sur le plan de travail.

— Il faut arrêter, chuchotai-je.

Il n'en fit rien et commença à me lécher le cou, à

m'embrasser et à me mordiller. J'écartai les jambes pour qu'il puisse se placer entre elles et enroulai mes jambes autour de sa taille en l'embrassant. Je le voulais sur-le-champ, même si nous n'avions pas encore discuté et que ça ne faisait sûrement pas partie de mon plan inexistant.

Mais avant que je puisse faire quoi que ce soit, avant que je puisse faire une autre erreur, un coup frappé à la porte nous figea tous les deux.

— Zoey ? Est-ce que Caleb est avec toi ? Non, ce serait fou. Il ne serait pas avec toi dans la salle de bain alors que nous sommes en train de planifier mon mariage ?

— J'arrive, Lace.

— Il y a intérêt. Ne gâche pas tout, Zoey.

Ma sœur s'éloigna et je grimaçai en posant ma tête contre le torse de Caleb.

— Oh mon Dieu, pourquoi avons-nous fait ça ? gémis-je.

— Parce que c'était très excitant ?

Je lui donnai un léger coup de poing dans la poitrine.

— Pourquoi est-ce qu'il n'y a pas une fenêtre assez grande dans cette salle de bain pour que je puisse sortir ?

— Eh bien, d'abord, tu es au deuxième étage, et ça ferait probablement mal.

— Oh, non, je survivrai. La planification parfaite du mariage de Lacey ne me permettrait pas de mourir.

— Et si tu te retrouvais dans le plâtre ou horriblement meurtrie pour ses photos de mariage ?

— D'accord, tu m'as eue là. Mais sérieusement, à quoi pensions-nous ?

— Je ne crois pas qu'on pensait du tout, dit-il d'un ton sincère.

— Qu'est-ce qu'on fait maintenant ?

— Je n'en ai aucune idée. Mais je trouve ça amusant.

Il m'embrassa à nouveau, cette fois doucement, lentement, et je gardai mes mains pour moi, agrippant le rebord du plan de travail à sa place. Parce que je savais que si je commençais à le toucher, je ne m'arrêterais plus, même si nous étions dans le pire endroit possible pour ça.

Au final, il embrassa le bout de mon nez et sortit de la salle de bain en se réajustant dans son pantalon.

C'était chaud. Mais aussi un peu la honte, car Lacey se tenait dans l'embrasure de la porte, les bras croisés et les yeux plissés.

Je sautai du plan de travail et remis rapidement de l'ordre dans mes vêtements.

— J'arrive tout de suite.

— Tu sais quoi ? Laisse tomber. Je suis sûre que tu as eu ta dose si tu perds les pédales comme ça.

Je me tournai vers elle, les yeux écarquillés.

— Je pensais que tu voulais que je passe du temps avec Caleb.

Pas vraiment les mots auxquels je pensais, mais c'était la vérité. Après tout, c'était bien elle qui avait joué les entremetteuses. Qu'est-ce qui avait changé ?

— Je voulais que vous soyez sympas et cools ensemble. Pas que vous vous envoyiez pratiquement en l'air dans la salle de bain de maman. Heureusement, elle est dehors au téléphone avec papa. Sérieusement, ne gâche pas tout, Zoey. C'est mon mariage. C'est censé être le plus beau jour de ma vie. Ne fais pas tout tourner autour de toi.

Lacey repartit en tapant des pieds, et je restai là à regarder sa silhouette s'éloigner.

Quoi ? Quand est-ce que j'avais fait tourner les choses autour de moi ?

Je serrai les poings le long de mon corps et essayai de contrôler ma respiration. J'aimais ma sœur. Lacey faisait partie intégrante de moi et j'aurais été incapable de vivre sans elle, mais je n'en revenais toujours pas qu'elle ait dit ça.

La honte m'envahit parce que, oui, ce n'était pas l'endroit pour ce que Caleb et moi avions fait, et je n'aurais pas dû l'embrasser ou le laisser m'embrasser. Mais j'ignorais que les paroles de ma sœur pouvaient me blesser autant.

Je sortis de la salle de bain, toute la chaleur et l'émotion d'il y a un instant, balayées par une petite phrase cruelle. Après avoir pris mon sac, mon téléphone et ma tablette sur la table, je me précipitai vers ma voiture. Heureusement, Caleb était parti depuis longtemps. Qu'allais-je lui dire quand je le reverrais ?

Je ne voulais ni gâcher les choses avec ma famille, ni avec Caleb. Mais j'ignorai que j'étais vue ainsi par ma famille : celle qui gâchait tout.

Chapitre Huit

Caleb

— Pourquoi est-ce que je suis ici, déjà ? m'enquis-je en me demandant pourquoi je posais cette question si souvent ces jours-ci.

Pourquoi me retrouvais-je toujours dans des endroits où je n'avais pas prévu d'être ?

Peut-être que je devrais faire une crise existentielle, ou simplement en vouloir au monde entier de voir tout le monde se marier et avoir des enfants ?

Dimitri se contenta de hausser un sourcil en sirotant sa bière.

— Je ne sais pas pourquoi tu te plains. Il y a à

manger, de la bière, des sodas, de l'eau, des jus et des boissons pétillantes, et tu n'as même pas à faire des jeux de bébé.

Je plissai les yeux en le regardant.

— Tu es sûr que je n'aurais pas à jouer à des jeux de bébé, n'est-ce pas ? Parce que je sais qu'il y a ce genre de jeux à une fête prénatale.

Oui, j'étais à la fête prénatale Montgomery/Carr, même si Thea n'était plus une Montgomery, car elle avait changé son nom de famille en Carr. Il y avait bien assez de Montgomery dans l'État – et probablement dans le monde. Cependant, comme les Montgomery détestaient abandonner leur nom de famille, il était marqué sur toutes les invitations, et même sur la fichue banderole faite main. Il semblait y avoir un bon nombre d'artistes dans la famille.

Je ne savais pas pourquoi j'étais si grincheux. Peut-être parce que j'étais obsédé depuis que j'avais embrassé Zoey, non pas une mais deux fois. Et chaque fois ça avait été bien plus qu'un simple baiser. La deuxième fois... Putain, je l'avais presque baisée dans la salle de bain de sa mère. Je n'avais pas été aussi excité et en rut, au point d'en oublier l'endroit où j'étais, depuis l'adolescence.

Et même là, je n'avais jamais franchi cette limite. Apparemment, je perdais la tête.

Mais ça m'avait dégrisé plus vite qu'une douche glacée. Je ne voulais pas perdre la tête. Je ne voulais pas que mon cerveau me fasse mal. Je n'avais pas eu d'hallucination depuis cette première fois, ni de migraine depuis plusieurs jours. Mais ça ne voulait pas dire qu'une migraine ne pouvait pas se déclencher à tout moment. Donc, je n'allais pas boire ce soir, pas quand j'avais une heure de route pour rentrer chez moi. Et je n'allais pas ignorer les symptômes qui pourraient survenir. Jusqu'ici tout allait bien, mais je n'avais pas confiance en moi. Plus maintenant.

— Je suis sûr que ce ne sont pas les jeux et la fête prénatale qui te mettent de mauvaise humeur. Ça va ? Comment va ta tête ?

Je regardai mon grand frère et haussai les épaules en enfonçant mes mains dans mes poches.

— Je vais bien. Je n'ai pas eu de crises depuis l'autre jour.

— Bien. Parce que tu devras me le dire chaque fois que tu en auras une.

Je lui lançai un regard noir mais acquiesçai.

— Promis.

— Je suis surpris de ne pas avoir à me battre pour ça.

— Je suppose que j'ai suffisamment peur pour ne plus rien te cacher.

— Putain, murmura Dimitri avant de poser sa bière et de me prendre au dépourvu en me serrant contre lui.

Je laissai échapper un soupir choqué puis sortis mes mains de mes poches pour lui rendre son étreinte. J'avais peur, et je n'étais pas trop viril ou macho pour ne pas l'admettre. Je ne voulais pas être malade, je ne voulais pas être bizarre. Et je ne voulais certainement pas mourir.

Ma gorge s'asséchа et la bile me monta à cette simple pensée que je chassai aussitôt. J'allais bien. Les médecins finiraient par trouver ce que j'avais, et j'irai mieux. Sauf que mon médecin actuel n'arrêtait pas de me faire passer des examens sans trop savoir où il allait, et ça m'inquiétait. J'étais complètement perdu.

— Tu sais, mon amie qui souffre aussi de graves migraines est ici. Rappelle-toi, elle se marie dans la famille.

Je fronçai les sourcils.

— Je pensais que c'était son frère qui se mariait dans la famille.

Dimitri haussa les épaules.

— Franchement, je ne sais plus. Tout ce que je sais, c'est qu'elle a été invitée parce qu'elle est apparentée à eux. Toute leur famille est ici, en plus de quelques autres personnes qui se sont mariées aux Montgomery.

— Il y en a certains que je ne connais absolument pas.

— Ne t'inquiète pas pour ça. Contente-toi de surveiller ce que Thea mange.

Je fronçai les sourcils.

— Excuse-moi ? Tu veux que je me mette entre une

femme enceinte et la nourriture ? Tu veux que je perde un bras ?

— C'est une fête prénatale sur le thème du fromage. Tu connais notre amour du fromage.

— Tu veux parler de votre fascination impie ?

— Il n'y a rien d'impie dans le fromage. Le fromage est bon. Le fromage, c'est la vie.

— Comme c'est vrai, mon mari, déclara Thea à l'autre bout de la pièce.

Elle retourna à sa conversation avant même que je puisse commenter le fait qu'elle avait tout entendu à cette distance.

— Le fait que vous ayez une devise pour votre secte me prouve que vous avez un vrai problème avec le fromage, lui fis-je calmement remarquer.

— Il n'y a rien de mal à ça, et à force c'est même devenu une blague. D'où cette étrange fête prénatale sur le thème du fromage pour une femme qui n'a pas le droit de manger des fromages à pâte molle.

— Les femmes enceintes ne sont pas censées manger du fromage à pâte molle ?

— Non. Elles ont droit aux fromages à pâte dure et certains fromages à pâte molle fondus. J'ai toute une liste. Elle est imprimée sur le frigo, et on a failli la mettre sur l'invitation, mais je me suis dit que ce serait trop bizarre.

— Plus étrange que le fait que vous ayez dix-huit

types de fromages, y compris des trempettes et des pâtes à tartiner ?

— Je ne te juge pas, alors ne me juge pas.

— Je ne sais vraiment pas par où commencer avec le jugement.

Dimitri éclata de rire.

— Quoi qu'il en soit, on a bien demandé à ce que personne n'apporte de fromage interdit. Ils sont tous sur la liste des substances de contrebande.

Ça me fit rire.

— Donc, si quelqu'un cache du Brie dans de la cocaïne, je sais qu'il est du mauvais côté de la loi ?

— Tu te moques de moi, mais elle a tellement envie de fromages que j'ai peur qu'elle finisse somnambule.

Mon estomac me faisait mal tellement je riais.

— Merci de m'avoir fait oublier mes soucis, parce que vous êtes ridicules tous les deux.

Dimitri sourit, plus heureux que je ne l'avais jamais vu de toute ma vie.

— Oui, je suis heureux. Je vais être papa, Caleb. Je n'arrive toujours pas à y croire.

Je secouai la tête puis me penchai pour caresser la tête de Captain, le golden retriever qui s'était approché de nous. Dimitri s'agenouilla près du vieux chien et le serra contre lui en lui caressant le dos.

— Tu nous as pratiquement élevés, Amelia et moi, et

Devin un peu aussi. Entre nous et Captain, tu as dû finir par développer des instincts de « papa ».

— J'ai peut-être commencé avec des alèses pour chiots avec Captain, mais je n'ai jamais eu à vous mettre des couches à vous trois. C'est tout nouveau, et c'est un peu intimidant.

— Mais les sœurs de Thea sont déjà passées par là. Pareil avec son frère, n'est-ce pas ? demandai-je.

— Ainsi que tous ses cousins. Je te jure que cette famille se reproduit plus vite que des lapins.

Il avait marmonné, car il partait du principe que les Montgomery avaient l'ouïe fine.

— C'est incroyable à quel point ils se ressemblent tous, chuchotai-je.

— Ne dis pas de conneries. Ils pourraient nous faire du mal. Tu as vu celui-là là-bas ? Il est baraqué et fait dans les deux mètres. Il pourrait probablement nous casser avec son petit doigt.

— Et il paraît que l'un d'eux fait partie de la famille, déclara Zoey en s'approchant de moi.

Je me figeai, surpris, car je ne l'avais pas entendue approcher. Ce qui était bizarre car ces derniers temps, je ne pouvais pas faire autrement que la remarquer.

Elle me tendit un verre d'eau, et je haussai un sourcil.

— Je l'avais pris pour Amelia, mais Tucker lui en

avait déjà apporté un, alors je me suis retrouvée avec deux verres. Prends-en un puisque tu as les mains vides.

— Merci, dis-je en souriant.

— De rien. J'ai l'impression que je vais me faire marcher dessus à tout moment avec tous ces géants.

Dimitri éclata de rire.

— Il y a quelques personnes plus petites que toi.

— Tu veux dire les enfants ? demanda-t-elle en grimaçant.

— Eh bien, je ne sais pas pour cet enfant de dix ans, mais je pense qu'ils sont tous plus grands que toi, dis-je.

— Je ne suis pas si petite. Il y a des gens plus petits ici. Des adultes, je veux dire. Je suis de taille moyenne.

— Moyenne pour les humains, pas les Montgomery, dis-je avant de grimacer quand un Montgomery que je ne connaissais pas me donna un coup de poing dans le bras en allant vers les fromages à tartiner.

L'un des fromages à tartiner. Parce que, bien sûr, il y en avait environ cinq différents.

— Et sur ce, je vais voir ma femme. Ils vont commencer les jeux.

— Tu as dit que je n'avais pas à jouer, dis-je en plissant les yeux.

— Toi non. Mais Thea veut jouer, donc je vais m'asseoir à côté d'elle et l'aider à renifler des pois et des haricots pour deviner lequel c'est.

— Pourquoi est-ce que ces jeux sont si dégoûtants ? demandai-je en faisant semblant d'avoir un haut-le-cœur

— J'essaie de ne pas me poser cette question. Ça doit sûrement être pour nous préparer à la quantité de fluides corporels qu'on va se recevoir à la naissance du bébé.

Je frissonnais quand Dimitri s'éloigna pour rejoindre sa femme, et tournai mon regard vers Zoey.

— Ça ne me donne pas du tout envie d'avoir des enfants.

— Oui mais après tu pourras tenir ta nièce ou ton neveu, renifler sa petite tête qui aura une odeur de poudre pour bébé et sentir ses petits doigts s'enrouler autour des tiens. Tu tomberas amoureux et tu oublieras qu'il fait caca, vomit, pleure non-stop et ne dort jamais.

— Tu te rends compte que tu répètes ce que les médias nous disent sur les bébés ? demandai-je.

— Tu veux dire que c'est un complot ? Probablement pas, mais je verrai bien quand Lacey et John seront prêts pour un bébé.

— Ils vont faire le choix d'une mère porteuse, n'est-ce pas ?

Elle se figea et me regarda en battant des cils.

— Comment le sais-tu ?

— John me parle quand il est nerveux.

Comme elle continuait à me fixer, je posai mon verre et levai les mains.

— Il ne parle pas avec tout le monde de ce genre de choses personnelles. Mais il me parle. Je pense que ça vient d'un soir où on s'est retrouvés coincés quelque part ensemble à attendre la fin d'une tempête, et on a parlé de pas mal de choses personnelles. Mais il ne parle pas de sa vie privée à tout le monde.

— J'espère que non, parce que Lacey n'a pas besoin de ça.

— John est le mec le plus incroyable que je connaisse. Tu le sais.

— Oui, mais je suis toujours surprotectrice. C'est ma petite sœur.

— Étant donné que, selon *ma* petite sœur, je suis un enfoiré surprotecteur, je te comprends.

— Tu as menacé de mettre une raclée à Tucker.

— Il a osé toucher à ma précieuse petite sœur innocente. Et tu devrais arrêter de rire comme ça. Les gens commencent à regarder.

—C'est juste le fait que tu la trouves précieuse et innocente. Et probablement vierge à sa nuit de noces.

— Elle peut rester une vierge éternellement en ce qui me concerne. Ce n'est pas le cas ?

— Je ne suis absolument pas vierge, frangin, déclara Amelia en passant devant nous, suivie de Tucker qui lui tenait les hanches.

Je plissai les yeux.

— Pourquoi est-ce que les gens s'amusent tout le temps à me surprendre ?

— Parce que tu te tiens entre deux portes et que les gens passent autour de toi, déclara Zoey en riant. En plus, plus tu parles des gens – surtout quand ils sont dans la même pièce – plus tu as de chances qu'ils apparaissent et te surprennent. C'est un fait scientifique avéré.

— Ce n'est même pas de la science, dis-je en riant. Ni même proche de la science.

— Non, mais c'est le karma. Quant à John et Lacey, oui, ils vont faire appel à une mère porteuse. Mais si John en parle à nouveau, s'il te plaît, ne le laisse pas penser que je suis si impatiente d'être le four de ce bébé.

Je m'étouffai avec mon eau, et pris une autre gorgée avant de la poser sur la table entre nous.

— Attends... Tu quoi ?

Elle secoua la tête, le regard rieur.

— Oui, j'ai eu la même réaction.

— Ils t'ont demandé d'être leur mère porteuse ? Attends, ça veut dire aussi ton œuf ? Argh, c'est beaucoup trop personnel. Désolé.

— Ils n'ont pas demandé, mais Lacey l'a laissé entendre. Donc, je n'en sais pas plus. Je verrai quelle sera ma réponse si et quand ils me le demanderont, mais on ne sait jamais.

— Tu ferais vraiment n'importe quoi pour ta petite

sœur, dis-je, émerveillé.

— Je *pourrais* faire n'importe quoi pour elle. Mais si elle continue à m'énerver avec son mariage, je pourrais refuser.

— Je ne te crois pas. Je pense que si elle le demandait, tu le ferais en un clin d'œil.

— La grossesse me fait peur, les bébés me font peur, ce qui sort des bébés me fait peur aussi. Donc, non, ça ne m'emballe pas. Et puis il faut qu'elle me le demande d'abord. L'adoption pourrait très bien être la solution pour eux. Tu sais qu'ils veulent sauver le monde et former une famille parfaite.

— Peut-être. Mais bon sang, ce n'est pas rien comme décision.

— Oui, alors je ne vais plus y penser. Je ne vais pas non plus penser à ce que ton frère tient en ce moment, dit-elle en fermant les yeux.

Je tournai la tête et vis Dimitri qui tenait une couche et qui la sentait en grimaçant.

— C'est vraiment trop bizarre pour moi. Et puis tout ce fromage ? Je ne comprends vraiment pas.

— Je trouve ça plutôt mignon qu'ils aient ce genre de délire entre eux et qu'ils aillent jusqu'à en faire le thème d'une fête. En plus, j'aime bien le fromage.

— Mais n'apporte pas de fromages à pâte molle, ou Thea risque de te casser la figure.

— Peut-être. Je ne la connais pas très bien parce

qu'elle vit à Colorado Springs. Mais maintenant qu'elle fait partie de ta famille et qu'Amelia m'emmène partout ces jours-ci, j'apprends à mieux la connaître.

— Elle est des nôtres maintenant. C'est une Carr, pas une Montgomery.

— Elle reste une Montgomery, déclara l'un des grands Montgomery près de moi.

— Je ne sais pas du tout qui c'est, dis-je en secouant la tête.

— Tu m'étonnes. Je crois qu'ils s'appellent tous Montgomery et qu'ils parlent d'une seule voix.

— On a entendu, déclara l'un des Montgomery qui me parut être le jumeau d'un autre.

— Et sur ce, je pense que je suis prêt à partir, dis-je en secouant la tête.

— Tu rentres chez toi ? demanda Zoey.

— Oui, je dois finir des trucs pour le boulot. J'ai prévenu Dimitri que je ne pourrais pas rester longtemps. Mais je suis resté pour le gâteau, et ils ont eu mon cadeau.

— Tu penses que tu pourrais me ramener ? demanda-t-elle rapidement.

Je me figeai et mon sexe durcit à l'idée d'être près de Zoey pendant si longtemps.

— Tu n'es pas venue avec Amelia et Tucker ?

— Si, mais ils vont rester plus longtemps. Je comptais te demander de me ramener de toute façon... Si tu peux. Sinon je demanderai à quelqu'un qui rentre bientôt à Denver. J'ai beaucoup de travail, en plus de l'organisation du mariage.

Elle parlait à toute vitesse, et je ne comprenais pas pourquoi. Mais ça m'était égal au fond. J'allais dans la même direction qu'elle, et c'était à plus d'une heure de route. Seuls dans une voiture. Avec Zoey. La femme sur laquelle je voulais poser mes mains, et qu'il fallait vraiment que j'arrête de toucher. D'embrasser. À qui je ne devais plus penser tant que je ne savais pas ce que l'avenir me réservait. Je devais m'abstenir de faire quelque chose d'aussi stupide que de penser à coucher avec elle.

Et pourtant, je n'arrêtais pas d'y penser. À ça et à la faire sourire.

Je retins un froncement de sourcils à cette idée. D'où est-ce que c'était sorti ?

Mais je n'allais pas y penser maintenant. À la place, j'allais m'efforcer de ne pas me comporter comme un enfoiré.

Je pouvais faire ça, non ?

— Bien sûr, allons les prévenir qu'on part, et je te raccompagne à la maison.

— Merci, dit Zoey en souriant. C'est très gentil.

— Aucun problème. Je serai toujours là pour toi, Zoey.

Elle me jeta un regard bizarre tandis que je partais

prévenir Dimitri ou Devin. Tucker fut le premier sur lequel je tombai. Il échangea un regard avec Amelia avant de hocher la tête et de m'assurer qu'il préviendrait les autres.

On rejoignit ma voiture, et on s'installa en faisant de notre mieux pour ne pas parler de choses importantes.

Le fait qu'on sache tous les deux qu'on aurait dû parler des deux baisers et de ce qui *aurait* pu se passer entre nous, montrait bien qu'on aurait dû avoir une sérieuse conversation. À la place, on discuta météo et de ce qui passait en streaming. Et du nouveau casting de *The Crown*. Que des choses futiles.

Et ça me fit peur, parce que je ne savais jamais ce qui se passait avec Zoey.

— C'était une belle fête, déclara-t-elle alors qu'on était presque arrivés.

— C'est tellement étrange que Dimitri soit bientôt papa. Dans ma tête, c'est comme s'il l'avait toujours été, même si ce n'est pas le cas.

— Oui c'est vrai ! Il a ce côté papa. Il est très doué pour les blagues de papa.

— Je suis sûr qu'il les trouve sur Internet.

— Mais le fait qu'il les lise, c'est un truc de papa.

— Je suis d'accord.

— Caleb ? dit soudain Zoey.

Mes mains se crispèrent autour du volant à la façon dont elle avait prononcé mon nom. Merde, j'avais le sentiment que je n'allais pas aimer le reste de cette conversation.

— Oui ?

— Qu'est-ce qu'on est en train de faire ? demanda-t-elle.

Je déglutis avec effort. Non, je ne voulais pas avoir cette conversation.

— Je te ramène à la maison, dis-je en quittant l'autoroute et en me dirigeant vers son quartier.

— Je parlais du fait qu'on se soit embrassés chez moi, et du fait qu'on s'est pratiquement envoyés en l'air dans la salle de bain de ma mère. Je pense qu'on devrait parler de ce qui se passe.

— Nous sommes juste... tu sais... de bons amis.

— Les bons amis ne savent pas ce que ça fait de sentir le sexe de l'autre contre eux.

— Eh bien, je n'avais pas vu les choses comme ça, mais merci pour cette image.

— Ce n'est pas ce que je voulais dire, dit-elle.

— Je ne sais pas, Zoey. J'aime t'embrasser. C'est un délit ?

— Pas du tout. Mais je ne sais pas où ça nous mène. Et je pense qu'on devrait en parler, non ?

Je fronçai les sourcils en me garant dans son allée.

— Zoey.

Elle secoua alors la tête et descendit de voiture.

— Oublie ce que j'ai dit. Sérieusement. Oublie. À

bientôt.

Je jurai dans ma barbe, éteignis le moteur et la suivis.

— D'accord, parlons-en.

Elle avait déjà ses clés à la main.

— Non, je ne pense pas. Tout va bien. N'en parlons plus. À bientôt.

Elle avait déjà la main sur sa porte, et je posai la mienne au-dessus d'elle, sur le chambranle.

— Zoey. Parlons-en.

— Je ne pense pas que ça t'intéresse, et je ne pense pas vouloir connaître la réponse.

Je détestais la fragilité de sa voix, et je me détestais de la mettre dans cet état.

— Viens, rentrons à l'intérieur, chuchotai-je.

Elle se retourna pour me regarder avec attention. J'aurais voulu avoir le courage de dire non, que nous ne devrions pas faire ça. Il valait mieux que je n'entre pas pour parler. Il fallait que je m'en aille. Mais je n'en avais pas le courage, car je n'avais pas les réponses. Je voulais entrer, la toucher. Je voulais l'embrasser, voir ce qui la faisait vibrer. Ça faisait peut-être de moi un bâtard, mais au moins j'étais cohérent quand il s'agissait de Zoey.

— Juste pour parler ? chuchota-t-elle.

Je déglutis avec peine.

— Juste pour parler, mentis-je.

Juste pour parler.

Chapitre Neuf

Zoey

Les mains tremblantes, je remplis deux verres d'eau avant de remettre le pichet dans le réfrigérateur. Je ne lui demandai pas s'il voulait des glaçons car je ne pensais pas pouvoir gérer cela pour le moment. Et si ma main tremblait et que les glaçons se mettaient à vibrer dans le verre ? J'allais déjà devoir faire attention à ne pas faire gicler de l'eau hors du verre dans mon état, alors autant ne pas rajouter de difficultés.

— Ça te va de l'eau ? demandai-je d'une voix haletante.

Quelle godiche je faisais ! J'étais une adulte et j'avais

déjà été seule avec un homme. J'avais déjà été seule avec Caleb... *d'innombrables* fois même. D'accord, pas d'innombrables fois, parce qu'il y avait en général les amis, la famille ou une *autre* femme. Mais ça m'était quand même arrivé.

Et nous ne nous étions pas embrassés chaque fois.

Sauf qu'à la façon dont il me fixait en ce moment – le regard sombre, les paupières à demi-fermées et les lèvres entrouvertes à me faire frissonner – j'avais l'impression de me mentir à moi-même. Tout comme je savais qu'il m'avait menti tout à l'heure en me disant qu'on allait juste parler. Oh, on allait peut-être parler, mais j'avais le sentiment que s'il ne partait pas tout de suite, ce ne serait pas la seule chose qu'on ferait.

Est-ce que ça faisait partie de mon plan inexistant ?

Je ne le pensais pas.

J'aurais vraiment dû mettre mes idées par écrit.

1. *Passer du temps avec Caleb.*

2. *Montrer à Caleb que je suis vraiment quelqu'un de bien.*

3. *Être près de lui pour que mon âme soit heureuse.*

4. *Déterminer si c'est juste un crush ou si je me fais des illusions.*

5. *Faire en sorte que Caleb Carr m'aime.*

Pas terrible comme plan. Le numéro cinq avait besoin d'un sous-ensemble complet et aurait pu être le titre d'une intrigue. Visiblement je perdais la tête. Comme toujours.

— De l'eau me va très bien, Zoey. Ça va ?

Je déglutis.

— Ça boume.

Devant son haussement de sourcil, je retins un gémissement.

— Est-ce que je viens de dire ça boume ?

— Je pense que oui.

— Je pense ne jamais avoir dit ça de ma vie.

— Il est toujours temps de commencer, dit-il, le regard rieur.

— Tu te moques de moi ?

— Juste un peu. Mais pas méchamment.

— Bon alors, de l'eau.

— Tu l'as déjà dit.

Son regard était toujours rieur, mais il y avait aussi de la chaleur. Je me rendais compte qu'il ne disait pas grand-chose non plus : nous tournions tous les deux autour du pot.

Il fallait que je mette au point un plan... mais ça ne semblait pas près d'arriver.

— La fête était super. Je suppose que la prochaine sera la fête nuptiale de Lacey.

— Je n'aurai rien à faire, n'est-ce pas ?

— Non. Il y a déjà eu les fiançailles, et Dieu merci, nous n'avons rien eu à faire.

— C'était pas mal, grogna Caleb. Mais je suis content que nous n'ayons pas eu à l'organiser.

— C'est vrai. Il y a la fête nuptiale, bien sûr, mais je ne pense pas que ça sera mixte.

— Dieu merci.

— Après, il y aura la répétition du mariage, puis la cérémonie et la réception elle-même. Et nous n'organiserons pas la lune de miel.

— Je répète : Dieu merci.

Je hochai la tête.

— Oui. On dirait qu'il y a une quantité infinie de travail dans un mariage. Sans parler de la vie qui vient après.

Caleb but une gorgée d'eau puis posa le verre.

— C'est vrai. Je me suis toujours dit que si jamais je me mariais, ce qui n'arrivera probablement jamais, je ferai le minimum. Ou peut-être quelque chose dans le jardin de Dimitri. C'est lui qui a le plus grand terrain, ajouta-t-il.

Je laissai cette petite pépite d'information – il ne se mariera jamais – me traverser. Beaucoup d'hommes disaient ça. Même moi je le disais parfois. Mais ça n'était pas nécessairement vrai. Et il ne fallait pas que ça me rende malade.

Ce n'était pas grand-chose.

— Tu peux faire ce que tu veux à ton mariage. Là c'est celui de Lacey.

— Oui. Et je suis content que ça se termine un jour.

— « Un jour », comme tu dis.

J'avais l'impression que c'était interminable.

— Qu'est-ce qu'on est en train de faire, Zoey ? demanda Caleb.

Je me figeai. J'avais déjà posé la question, et il ne semblait pas y avoir de réponse. Comment osait-il me retourner la question alors que je n'en savais rien ? Tout ce que j'avais, c'était des besoins et des rêves stupides dès qu'il était question de lui.

— Boire de l'eau et se demander ce qu'on est en train de faire, parce qu'on évite le sujet ?

Caleb s'esclaffa, même s'il ne semblait pas si amusé. Nous étions vraiment doués pour discuter de tout et de rien et ignorer l'évidence ; à savoir, ce que nous signifiions l'un pour l'autre et où *cela* – quoi que ça puisse être – nous mènerait.

— Je ne sais pas quoi dire, dis-je honnêtement.

— Je ne sais pas quoi dire non plus, mais j'ai vraiment envie de t'embrasser, même si je ne devrais pas.

Mon cœur s'emballa et mes paumes devinrent moites.

— Je suppose qu'on n'est pas doués pour parler, dis-je.

— Nous sommes très doués pour parler, mais nous sommes aussi très doués pour éviter de parler.

Caleb qui était assis à côté de moi sur le canapé, se

pencha pour prendre mon visage entre ses paumes. Elles étaient larges et ses doigts calleux ; la peau d'un homme qui savait se servir de ses mains, et je retins un frisson en pensant à la façon dont il les utiliserait.

Ses yeux s'assombrirent et j'eus le sentiment qu'il savait exactement à quoi je pensais.

— Qu'est-ce que tu veux, Zoey ?

— Je croyais le savoir. Maintenant, je n'en suis plus si sûre.

C'était aussi honnête que possible.

Il hocha la tête comme si cette phrase avait un sens.

— Je crois que c'est ma réponse aussi. Parce que ça pourrait être une erreur. Tu es amie avec mes amis. Ta sœur épouse mon ami, et tu es comme une sœur pour Amelia.

— Mais pas pour toi. Je ne suis pas ta sœur.

Caleb laissa échapper un rire rauque.

— Je n'ai jamais eu de pensées fraternelles à ton sujet, Zoey.

Je clignai des yeux, confuse. Ça ne pouvait pas être vrai.

— Pas même une seule fois ? Pas à la plage quand tu m'as sauvée ? Et pas quand tu m'as sauvée cette autre fois ?

Ses yeux s'assombrirent et je regrettai de l'avoir évoqué, mais je ne pouvais pas m'en empêcher. Caleb était lié à tant de petits moments clés dans ma vie.

— Je n'ai pas pu mettre la raclée que je voulais à cette merde pour t'avoir agressée, mais j'aimerais revenir en arrière et castrer cet enfoiré qui a essayé de te faire monter dans sa voiture.

— C'était un taxi, et je n'allais pas le laisser faire.

— Tu ferais mieux de ne pas te faire de reproches.

— Je ne sais pas. Pas vraiment.

— Ton « *pas vraiment* » n'est pas très convaincant.

— Je vais mieux, dis-je en haussant les épaules. J'ai un thérapeute pour ça.

— Bien.

Son pouce qui était toujours sur mon visage, traçait des cercles sur ma peau.

— Revenons au fait que tu ne me considères pas comme une sœur.

— Tu n'es pas ma sœur, ni de près ni de loin. Sinon je ne ferais pas ça.

Puis il baissa la tête vers la mienne, et je laissai échapper un souffle tremblant. J'en voulais plus, je voulais le goûter. Je soupirai profondément et me penchai vers lui alors qu'il écartait mes lèvres de sa langue. Il approfondit le baiser, inclinant légèrement ma tête et y ajoutant une légère caresse.

Quand je me laissai aller contre lui, ses mains glissèrent de mes cheveux vers mon dos pour me rapprocher de lui. Puis il s'écarta brusquement, nous laissant à bout de souffle.

— On ne devait pas parler ? demandai-je, inquiète.

Je voulais savoir ce qu'il avait à dire, mais j'avais peur. Tellement peur d'être comme toutes ces femmes à qui il avait toujours procuré du plaisir, toujours respectées, mais qui n'entendaient plus jamais parler de lui.

— Je sais que je devrais arrêter de t'embrasser, mais je n'en ai pas envie. Tu dois me dire ce que tu veux.

— J'aime t'embrasser. Je veux continuer, seulement, je ne veux pas tout gâcher entre nous.

C'était aussi honnête que possible parce que je ne pouvais pas lui en dire plus. Je ne pouvais pas lui dire que je le voulais depuis toujours et qu'il occupait une place spéciale dans mon cœur d'aussi loin que je me souvienne.

— Alors continuons. On ne se fera pas de mal, on ne gâchera pas tout.

Je croisai son regard et me demandai ce qui n'allait pas. Il semblait différent. Pas cruel, mais peut-être inquiet. Pourquoi serait-il inquiet ? Mais j'écartai ces pensées et me penchai pour l'embrasser à nouveau.

Cela pourrait faire partie de mon plan : passer du temps avec lui. Je n'avais pas besoin d'un bonheur éternel, mais j'ignorais à quoi ressemblerait ma vie sans avoir ma bouche sur la sienne. Sans ses caresses, son goût.

Je peux faire en sorte que ça marche, me dis-je. *Je pourrais.*

— Je ne veux pas te faire de mal, murmura-t-il.

— Alors ne le fais pas.

Il repoussa mes cheveux derrière mes oreilles puis hocha la tête avant de m'embrasser à nouveau.

Le baiser commença avec douceur, un simple contact des lèvres, un léger coup de langue. Puis il continua en gémissant.

Il m'allongea sur le dos tandis que je caressais ses bras, et se dressa au-dessus de moi en faisant attention à ne pas mettre tout son poids. Je ne pus m'empêcher de trouver ça adorable : il ne voulait pas me faire de mal.

— Dis-moi quand m'arrêter, murmura-t-il.

— Ne t'arrête pas.

Il plongea dans mon regard, et j'essayai d'avoir l'air confiante. Je dus réussir, car il m'embrassa à nouveau.

Quand il glissa sa main entre nous et la posa sur mon sexe par-dessus mon legging, je gémis en me cambrant contre lui. Il sourit contre mes lèvres sans cesser de m'embrasser ou de me toucher.

J'en voulais plus, mais pas sur ce canapé où il était difficilement accessible.

— Caleb, je ne peux pas te toucher ici.

Il parut comprendre mes mots inintelligibles parce que soudain il était assis, et j'étais sur ses genoux, à califourchon sur lui, mes mains dans ses cheveux alors que je l'embrassais, et ses mains sur mes fesses. Il les pressa et les caressa, et je me cambrai contre lui en me frottant le long de son érection.

— Si tu continues comme ça, je vais venir dans mon pantalon, grogna-t-il en tirant sur mes cheveux.

Je me cambrai, mais continuai à onduler du bassin et à l'embrasser. Ses mains furent alors sous mon T-shirt pour prendre mes seins par-dessus mon soutien-gorge, et je me trémoussai de désir.

— Tu aimes ça ? demanda-t-il.

— J'en veux plus.

— Tout ce que tu veux, Zoey.

J'ouvris alors les yeux, essayant de comprendre ce qu'il voulait dire par là, mais il m'embrassa à nouveau, et je ne pensai plus du tout.

Il remonta mon T-shirt, et je levai les bras pour qu'il puisse le passer par-dessus ma tête. Quand ses lèvres se posèrent sur mes seins et qu'il aspira mon mamelon à travers mon soutien-gorge, je frissonnai.

— Regarde-toi avec toute cette dentelle sous ton T-shirt tout simple et sage.

Quand il souffla sur la dentelle, mes mamelons se durcirent et je gémis.

— J'aime me sentir belle même quand je suis couverte de terre.

— Je suis un homme chanceux, alors, dit-il, avant de recommencer à me sucer les seins.

Il tira sur la dentelle de mon soutien-gorge afin d'atteindre ma peau. Sa bouche était si chaude, si enivrante que je me pressai contre son visage. Il me mordit doucement et je serrai mes jambes autour de sa taille.

— Tu as aimé ? demanda-t-il en ricanant.

— Oui, dis-je, incapable de trouver autre chose à dire.

Il pinça, lécha, mordilla, et juste quand je cherchais la libération, il se redressa.

— Caleb, haletai-je.

— Tu as envie de moi ?

Je hochai la tête.

— J'ai besoin que tu le dises, Zoey, car ça pourrait tout changer. Tu comprends ? Tu dois dire les mots.

Je croisai son regard et hochai la tête. Je savais que ça allait tout changer et je voulais ce changement. Je voulais tout ça.

— Oui. S'il te plaît.

— Dans ce cas, Petite Zoey.

Il défit le fermoir de mon soutien-gorge, et je m'humectai les lèvres avant qu'il ne recommence à m'embrasser et à jouer avec mes seins. J'étais prête à jouir, j'en avais besoin, mais il ne m'y autorisa pas. À la place il continua à jouer, me poussant plus près du point d'extase.

— Caleb, s'il te plaît.

J'ignorais pourquoi je le suppliais. Tout ce que je savais c'était que j'en avais besoin. Puis sa main glissa vers mes fesses et tira sur mon legging avant de se poser entre mes jambes. Je gémis alors que ses doigts fouillaient ma chair brûlante, moite et lancinante.

— Si humide pour moi, grogna-t-il contre mes lèvres.

— On dirait que tu me fais des choses.

J'avais failli ajouter « *toujours* », mais je ne voulais pas tout lui montrer. Je ne pouvais pas mettre mon âme entièrement à nue alors que j'en avais déjà tellement dévoilé. Il n'avait pas besoin de tout savoir. Tout ce que je voulais, tout ce dont j'avais toujours rêvé, c'était ça ! Et ce n'était que le début.

Pas besoin d'y chercher plus de signification que nécessaire. Je savais que je le voulais et que je n'aurais aucun regret. Alors, quand il glissa ses doigts entre mes replis intimes et à l'intérieur de moi, je criai, le corps tremblant. Il les enfonça, durement et rapidement, sa bouche sur la mienne et son autre main sur ma tête pour m'empêcher de bouger.

Je jouis en un instant et me cambrai contre lui, toujours vêtue de mon legging. J'ignorais comment il avait fait. Je tremblais toujours quand il ressortit ses doigts de moi pour les porter à la bouche et les lécher.

— Oh mon Dieu, marmonnai-je.

J'étais repue, mais toujours prête pour plus. Je tendis la main afin de le toucher, et il se cambra vers moi avec un sourire paresseux.

— Tu penses être prête pour moi ?

— Un peu sûr de toi, non ? demandai-je avant de le saisir à travers son jean.

Il gémit et je ris avant de me presser contre ses hanches.

— Qu'est-ce que tu fais, Zoey ?

— Je prends.

J'ignorai si c'était une bonne chose à dire, mais alors qu'il me souriait et m'aidait à retirer son jean et son Henley, je me crus soudain au paradis.

Parce que Caleb Carr était nu sur mon canapé : un corps parfait et musclé grâce à l'entraînement qu'il s'imposait tous les jours, des hanches fines et un sexe dur et massif pressé contre son ventre.

Je déglutis et il sourit.

— Tu aimes ce que tu vois ?

— Je pense que je vais mieux l'aimer une fois qu'il sera en moi, dis-je avant de rire en voyant ses yeux s'écarquiller.

— Petite Zoey Wager effrontée. Ça me plaît.

— J'apprends avec les meilleurs.

Je lui adressai un clin d'œil, puis laissai échapper un cri quand il saisit mon legging et me le retira rapidement. Je me trouvais nue, me sentant exposée comme jamais alors qu'il me regardait.

— Tu es tellement magnifique, gronda-t-il.

— Tu n'es pas trop mal non plus.

Il avait posé sa main sur son sexe et la glissait lentement de haut en bas. Je ne me rendis même pas compte que mes propres mains étaient entre mes jambes et que je jouais avec mon clitoris, jusqu'à ce que je remarque qu'il me fixait avec des yeux sombres et des lèvres humides.

— Tu vas jouir juste en me regardant ? demanda-t-il.

— Je préfère jouir autour de toi.

— C'est la chose la plus sexy que tu aurais pu dire, gronda-t-il. On doit se protéger, Zoey. Tu as un préservatif ?

Je déglutis et hochai la tête.

— Dans ma chambre.

Je m'élançai sans réfléchir, ressentant le besoin de respirer. J'allai à ma table de chevet, ouvris la boîte neuve et sortis un préservatif. Et puis un deuxième, au cas où.

En me retournant, je me cognai contre le corps très nu de Caleb. Son sexe était fermement pressé contre mon ventre.

— Oh, fis-je en levant les yeux.

— Je ne voulais pas attendre, dit-il avant de m'embrasser.

Il me prit alors le préservatif et j'entendis un bruit de déchirure. Je savais qu'il le faisait glisser sur son sexe, mais je ne pouvais pas me concentrer avec mes lèvres sur les siennes.

Puis mon visage fut sur mon lit, mes fesses en l'air, mes pieds au sol, et les mains de Caleb sur mes hanches.

— Ça te va si on commence par cette position ?

Si on commence.

Serait-ce mal de jouir tout de suite ?

— Oh, oui, dis-je d'une voix haletante alors que sa queue poussait devant mon entrée.

Il s'enfonça d'une poussée puissante qui nous fit tous deux haleter sous l'effet du choc.

— Merde, gémit-il. J'avais bien vu avec mes doigts que tu étais étroite, mais... est-ce que je t'ai fait mal ?

— Pas même un peu, dis-je en reculant pour le prendre un peu plus. Continue, s'il te plaît.

— À ton service.

Il poussa en moi, une fois, deux fois, puis encore et encore. Mon corps se cambra pour lui, fou de désir.

Juste au moment où j'étais sur le point de jouir, il se retira complètement et me retourna sur le dos. Il se tenait toujours au pied du lit et posa mes pieds sur ses épaules avant de continuer à marteler, pousser et assouvir son désir.

Heureusement, j'étais souple parce que mes cuisses se retrouvèrent bientôt sur ma poitrine et mes genoux contre mes épaules. Caleb était penché sur moi, sa bouche sur la mienne, alors qu'il continuait ses puissants coups de reins.

Quand il passa son pouce sur mon clitoris, je jouis aussitôt.

Il continua ses va-et-vient, cette fois plus fort, et je le sentis jouir, le corps tendu alors qu'il remplissait le préservatif, sa bouche toujours sur la mienne.

J'étais en sueur, endolorie et je savais que ça avait été l'un des meilleurs moments de ma vie. Il abaissa lentement mes jambes et s'allongea près de moi le temps qu'on reprenne notre souffle, puis se leva pour s'occuper du préservatif. Incapable d'ouvrir les yeux pour voir ce qu'il faisait, je restai allongée là, haletante, mes mains caressant paresseusement mes seins parce que je ne pouvais pas m'en empêcher. Caleb les avait touchés, embrassés, et m'avait fait sentir plus femme que jamais dans ma vie.

Quand il revint auprès de moi sur le lit, j'ouvris les yeux et poussai un soupir alors qu'il passait lentement ses doigts sur mon front et ma joue.

— Je ne sais pas pourquoi on ne l'a pas fait plus tôt, déclara-t-il.

— Moi non plus.

C'était l'euphémisme du siècle. Du moins pour moi.

— C'était incroyable, dit-il.

J'avais tellement peur qu'il dise que c'était une erreur. Que c'était fini, à bientôt, au revoir, merci pour la partie de jambe en l'air.

— J'ai beaucoup aimé. On devrait recommencer, dis-je rapidement, priant pour qu'il ne me brise pas le cœur.

Quelque chose passa sur son visage, et je crus qu'il allait vraiment le faire : qu'il allait me dire que c'était une erreur et qu'il était temps d'arrêter. Mais, à la place il se pencha et m'embrassa.

— Ça ne me dérangerait pas. J'aime être avec toi. On peut continuer et voir où ça nous mène. Tu serais d'accord avec ça ? Pas de promesses. Juste pour voir.

Je hochai la tête et l'embrassai à nouveau, mon cœur explosant et se brisant tout à la fois. Parce que c'était ce que je voulais, c'était ce dont j'avais besoin. Ça aurait pu faire partie du plan. Mais je ne voulais pas qu'il n'y ait que ça entre nous.

Il n'avait pas dit que c'était juste du sexe et que ça serait la dernière fois. Et alors qu'il m'attirait plus près et me tenait contre lui, je me dis que ça pourrait peut-être marcher ? Peut-être que je n'étais pas allée trop vite ?

Soudain l'expression de son regard changea, et je me demandai ce qu'il pensait. Quels secrets gardait-il ? Parce que Caleb Carr en avait toujours plein. Je finis par m'endormir dans ses bras en me demandant ce qui se passerait quand je me réveillerais, et si tout ça n'était pas un rêve.

Chapitre Dix

Caleb

Un léger picotement commença à vibrer à ma tempe, près de mon œil, et je jurai dans ma barbe.

Encore ?

Il me fallait vraiment un autre traitement, ou que je fasse *quelque chose*, mais nous attendions les résultats d'analyses, et en attendant il ne m'était pas possible d'avoir des injections de Botox ou ces choses qui aident à améliorer les migraines.

Heureusement, la douleur diminua après une minute de respiration par le nez, et mes yeux se fermèrent pour éviter la lumière. Je laissai échapper une profonde inspiration puis rouvris les yeux pour me remettre au travail. J'avais passé la matinée sur le chantier pour tout superviser. Quelques nouveaux gars avaient rejoint l'équipe, et ils étaient plutôt bons. Ils pigeaient vite et avaient de l'expérience, et comme l'ancien patron était parti, je me disais qu'on pouvait envisager de les voir rester plus longtemps que les derniers.

— Salut, dit une voix depuis la porte.

Je me tournai et vis Devin, appuyé contre le chambranle de la porte, et souriant.

— C'est pour quoi ce sourire ? Et pourquoi es-tu ici ?

Je me levai, m'étirai le dos et roulai mes épaules en arrière. J'avais du mal à rester assis longtemps derrière un bureau, mais je commençais à m'y habituer.

— Je rentre du kiné et j'ai eu envie de passer voir ce que tu faisais.

Je fronçai les sourcils en regardant sa jambe. Devin avait été renversé par une voiture il y a quelques mois. Il allait très bien maintenant, mais il avait encore besoin de séances de kinésithérapie car son travail l'obligeait à rester souvent debout.

Ça me rendait malade chaque fois que je pensais à l'état dans lequel il était, il y a quelques mois à l'hôpital, après son accident. Je détestais que mes frères finissent tout le temps à l'hôpital, tout comme moi, en ce moment.

— Ça va avec ça ? demandai-je, faisant de mon mieux pour avoir l'air désinvolte.

Je ne réussis pas si bien visiblement, car il se contenta de sourire. Il avait ce regard disant qu'il comprenait, mais qu'il ne voulait aucune pitié de ma part, tout comme je n'en voudrais pas de la sienne.

— Je vais bien. Quoi qu'il en soit, j'ai terminé ma séance kiné et j'ai voulu passer. Tu veux qu'on aille déjeuner ensemble ?

— J'ai pris quelque chose en revenant du chantier, dis-je en grimaçant. Désolé. Si j'avais su, je t'aurais attendu.

Devin secoua la tête.

— Non, c'est moi qui suis passé à l'improviste. Pas de soucis. Tu veux passer à la maison ce soir ? Je vais voir si Dimitri et Tucker sont disponibles.

— Tu vas vraiment inviter Tucker alors qu'il a souillé notre petite sœur ? demandai-je en riant.

Devin me fit un doigt d'honneur discret. Heureusement, car personne ne le vit.

— Tucker est mon meilleur ami. Ne dis pas des choses comme ça. Rappelle-toi simplement qu'elle est vierge, pure et innocente.

— Étant donné que j'ai déjà dit cette phrase à Zoey, je ne vais pas te contredire.

Devin jeta un rapide regard derrière lui, puis se

glissa complètement à l'intérieur du bureau en refermant la porte.

— Qu'est-ce qu'il y a ?

— Que se passe-t-il entre Zoey et toi ? demanda-t-il en souriant.

— Laisse tomber, je ne me lancerai pas là-dedans.

Mon frère fit de grands yeux étonnés, et j'ajoutai aussitôt :

— Mais bien sûr, je viendrai ce soir. Erin ne sera pas là ?

— Non, elle doit travailler sur un gâteau de mariage, et elle ira ensuite dormir chez sa sœur pour passer du temps avec elle. Sa sœur est enceinte.

— Enceinte ?

— Il semble que tout le monde soit en cloque ces jours-ci.

— Attends, Erin aussi ? demandai-je, stupéfait.

— Non, pas elle, dit Devin en éclatant de rire. Bien qu'on l'envisage... après le mariage.

— Sérieux ?

— Sérieux.

— Étrange, n'est-ce pas ?

— Que Dimitri soit marié, qu'Amelia et moi on se marie et que Dimitri attende un bébé ? Quand sommes-nous tous devenus adultes ? Et j'ai remarqué que tu avais soigneusement éludé la question.

— Je n'ai rien éludé : je refuse juste d'y répondre. Ce n'est pas pareil.

— Je pense que c'est la définition même d'éluder.

— Non, éluder serait que j'ignore la question. Là, je l'ai entendue, mais je ne te donnerai pas de réponse.

— Alors, il se passe quelque chose entre vous deux ?

— Je ne répondrai toujours pas.

Je ne voulais pas répondre, parce que je ne savais pas ce qu'il y avait entre nous. Oui, nous avions couché ensemble. Oui, je la désirais. Mais je ne savais pas où ça nous mènerait et je ne voulais pas tout gâcher. De plus, j'aimais bien que ça reste entre nous, même si ce n'était pas vraiment possible dès que ça impliquait la famille et les amis.

— Tu es sûr que c'est une bonne idée ? demanda Devin.

Je fronçai les sourcils.

— Qu'est-ce que tu ne comprends pas dans le fait que je ne veuille pas répondre ?

— C'est juste que... je ne veux pas que l'un de vous soit blessé.

La colère roula le long de ma colonne vertébrale et je plissai les yeux.

— Tu penses que je vais lui faire du mal ?

— Non. Putain, non. Tu ne le ferais pas intentionnellement. Mais tu as un palmarès avec les femmes.

— Est-ce que je me suis déjà comporté comme un

connard avec l'une d'elles ? Est-ce que je leur ai déjà promis des choses que je n'étais pas disposé à donner ?

— Non, tu es vraiment franc à ce sujet. Mais le fait qu'on en parle signifie que tu as fait quelque chose avec Zoey. Vous sortez ensemble ? Vous discutez ?

— Ce ne sont pas tes putains d'affaires, Devin.

Mon frère leva les mains.

— Je sais. Merde, j'aime bien l'idée que vous soyez en couple. En fait, je pense que vous allez très bien ensemble. Mais je ne veux pas que l'un de vous souffre, et ça te concerne aussi, pas seulement elle. Tu traverses beaucoup de choses en ce moment. Je ne veux pas que ça empire.

Je poussai un soupir et passai mes mains sur mon visage.

— Je vais bien. On va trouver ce qui ne va pas chez moi.

Si jamais mon médecin me rappelait... Mais je ne le dis pas.

— Nous trouverons un traitement, et en cours de route, je ne sais pas... Je n'ai aucune idée de ce qui se passe entre Zoey et moi. Nous n'en sommes pas encore là.

Nous avions couché ensemble mais nous n'avions discuté de rien, à part qu'on verrait où ça nous mènerait. J'étais généralement plus doué pour savoir ce que je voulais. Pourtant, avec Zoey, c'était plus compliqué. Et comme je ne tenais pas non plus à m'attarder sur le *pourquoi* de la chose, je m'efforçai de ramener la conversation au présent.

— Je ne vois pas pourquoi tu dis qu'il se passe quelque chose entre Zoey et moi.

— Je t'ai vu à la fête prénatale. Nous t'avons tous vu.

Je jurai dans ma barbe.

— Génial.

— Tu n'aurais jamais pu nous le cacher. Et j'espère que tu n'en as pas l'intention. Elle mérite mieux que ça. *Tu* mérites mieux que ça.

— Je ne sais pas non plus où ça nous mènera. Je te verrai ce soir pour le dîner, d'accord ? J'apporte quelque chose ?

— Je commande des ailes, et je vais prendre des boissons. Si tu veux, tu peux apporter un dessert.

— Tu n'es pas marié à une pâtissière ?

— Je suis fiancé, oui. Mais comme je l'ai dit, elle est occupée en ce moment, et si je lui demandais un dessert, je me ferais taper sur les doigts.

— Vraiment ? Déjà la corde au cou ? demandai-je avec un clin d'œil pour qu'il sache que je plaisantais.

— Premièrement, va te faire foutre. Deuxièmement, va te faire foutre encore. Troisièmement, elle est juste très stressée en ce moment, et je ne veux pas l'embêter. Elle le ferait en un instant si je le lui demandais, et c'est justement pour ça que je ne vais pas l'ennuyer.

— Elle est bien pour toi.

— Je le pense aussi, répliqua-t-il.

Il avait un sourire rêveur, et je me demandai si je trouverais ça un jour. Où si j'en avais besoin... ou le voulais.

— J'espère que je suis bien pour elle aussi, tu comprends ?

— Je pense que oui. Mais c'est à elle de le dire, pas à moi.

— C'est vrai. Bon, j'y vais. On se voit ce soir. Et je suis désolé de t'avoir dérangé.

— Tu ne m'as pas dérangé, dis-je. J'ai juste beaucoup de choses en tête en ce moment.

— Ne m'en parle pas.

Devin s'en alla, et je restai là une seconde à fixer la porte ouverte en me demandant ce que je foutais.

Il fallait que je fasse un peu mieux dans ma façon de penser et d'anticiper les choses. Je ne savais pas ce que je voulais avec Zoey, alors que j'étais d'habitude quelqu'un de décidé. Je voulais du plaisir, du bonheur et du respect. Bien sûr, le sexe était agréable, mais je ne voulais pas avoir l'impression d'utiliser quelqu'un, et surtout pas Zoey. Elle comptait plus pour moi que je ne voulais l'admettre. Elle avait toujours été mon amie. Il y avait un lien entre nous que je ne voulais pas gâcher.

Alors, je me promis de ne pas le faire.

Je me le promis.

• • •

Plus tard, chargé d'un assortiment de biscuits achetés dans une boulangerie voisine, j'étais en chemin pour me rendre chez mon frère.

Je ne savais pas quoi penser de ma situation avec Zoey. Je ne lui avais pas envoyé de SMS aujourd'hui, je ne lui avais même pas parlé depuis que nous avions couché ensemble. Bien sûr, c'était il y a moins de quarante-huit heures, mais j'étais quand même un connard.

Je devais peut-être faire autre chose que penser à elle.

Je m'arrêtai devant la maison de mon frère et garai la voiture. Avant de sortir, je sortis mon téléphone.

Moi : *Tu t'amuses ce soir ?*

Génial, quel bon moyen d'entamer une conversation. Je n'étais vraiment pas doué.

Zoey : *Salut. Je travaille tard et ensuite je rentrerai me faire une pomme de terre au four pour le dîner. Et toi ?*

Moi : *Une pomme de terre au four, ça me paraît super. Avec du fromage ?*

J'avais officiellement perdu la tête, mais je ne savais plus ce que je faisais. Ça m'arrivait souvent ces jours-ci, surtout quand il s'agissait de Zoey.

Zoey : *J'ai même du bacon dans mon frigo. Cette pomme de terre va être incroyable.*

Je souris.

Moi : *Tu vas devoir m'en faire à l'occasion.*

Là. C'était planifier un avenir. Autour d'une pomme de terre au four, certes, mais ça comptait, non ?

Zoey : *Tu es toujours le bienvenu pour une pomme de terre au four. Ou, je pourrais te faire de la vraie cuisine.*

Moi : *Qu'est-ce que tu aimes cuisiner ?*

Zoey : *De tout. Mais je ne suis pas la meilleure pâtissière. Heureusement, nous avons des amies pour ça.*

Moi : *Surtout maintenant que Thea cuisine plus depuis qu'elle est enceinte. Je vais devoir faire du sport pour perdre le poids que je prends avec ses pâtisseries.*

Je fis exprès de ne pas regarder les cookies que j'avais apportés. Il valait peut-être mieux que je mange une salade ?

Moi : *Je me rends chez Devin pour mangers des wings avec les gars. En fait, je suis assis devant chez lui comme un cinglé, à t'envoyer des SMS.*

Zoey : *Tu n'es pas cinglé. Mais amuse-toi bien. MDR*

Moi : *Amuse-toi bien aussi. Et pas de bêtise avec tes pommes de terre.*

Zoey : *Dois-je chercher un sens caché à ta phrase ?*

Je ris si fort que je me fis peur.

Moi : *Non, j'essayais juste d'avoir l'air intelligent, mais c'est raté. Passe une bonne soirée, Zoey. Je t'enverrai peut-être un SMS en rentrant. Ça te va ?*

Zoey : *Bien sûr que ça me va.*

Je n'écris plus rien et ne dis même pas au revoir afin de laisser ses paroles résonner en moi.

Je descendis de voiture, et en arrivant devant chez Devin, Tucker ouvrit la porte tout sourire.

— Je pensais que tu ne descendrais jamais de ta voiture. Tout va bien ?

Comme ma famille savait ce qui m'arrivait, je supposais que Tucker était également au courant. Amelia n'aurait pas gardé ce secret.

— Ce n'était pas un mal de tête. Je vais bien.

— Si tu le dis. Je peux toujours te ramener chez toi ou ailleurs si tu en as besoin.

— Je crois que tu as un emploi du temps encore plus chargé que le mien, dis-je en secouant la tête.

— Peut-être, mais je peux trouver le temps.

— Tu sais, tu n'as pas besoin de me faire de la lèche pour épouser ma sœur. D'abord, elle t'épousera même si nous ne t'aimons pas. Et ensuite, tu es un mec sympa.

— Merci du compliment, dit-il sèchement en me prenant les cookies des mains. Super, j'adore cette marque. Ne dis pas à Thea ou Erin que je les trompe avec ces cookies.

— Je ne le ferai pas si tu ne le fais pas, dis-je.

— Et si je te proposais de te conduire où tu veux, c'est juste parce que je t'aime bien. Nous sommes amis depuis longtemps ; depuis avant Amelia et moi, même.

— Oui, mais quand même, tu resteras toujours le gars qui épouse ma sœur.

— Et ça ne me dérange vraiment pas du tout, dit Tucker avec un sourire sincère.

J'aimais ma petite sœur, mais elle n'était pas toujours facile. Bien sûr, je ne le lui aurais jamais avoué, sinon elle m'aurait fait un scandale... migraine ou pas.

— Super, tu as apporté des cookies, dit Dimitri en prenant la boîte des mains de Tucker. Ne le dis pas à Thea. Non pas que je veuille avoir des secrets pour ma femme enceinte, mais si c'est pour ma santé mentale, je suis prêt.

— La grossesse se passe bien, alors ? demandai-je en regardant Tucker dont les yeux pétillaient d'amusement.

— J'ai tellement peur et je suis tellement excité à la fois que c'en est ridicule. Mais Thea a dépassé le point d'être heureuse, douce et merveilleuse et en est arrivée au stade de vouloir m'assassiner. Je pense que c'est un prélude à ce qui va se passer dans la salle d'accouchement.

— Les hormones ? demanda Devin en entrant, wings à la main.

— Ne dis pas le mot H. Elle pourrait t'arracher les couilles.

On grimaça tous les quatre en serrant les jambes.

Devin s'éclaircit la gorge.

— Eh bien, sur cette note, j'ai des wings, des accompagnements et de la sauce ranch.

— Et du bleu ? demanda Tucker.

On frissonna tous les trois.

— Blasphémateur, cracha Devin.

— Vous êtes fous. Même si je suis heureux de rejoindre votre famille, déclara Tucker.

— C'est plus fort que toi. Tu as toujours voulu être l'un d'entre nous, déclara Devin.

— Hé, en parlant de famille. Comment va Evan ? demandai-je en parlant du fils de Tucker.

Tucker avait appris récemment qu'il était père. Son ex avait cru toutes ces années que l'enfant était de son mari, et non de Tucker, avec qui elle était sortie un peu avant. La nouvelle était tombée quand Evan était tombé malade et qu'il avait eu besoin de moelle osseuse. Depuis, les deux familles s'efforçaient de bâtir des liens solides où Amelia était belle-mère. C'était plutôt cool, même si parfois je n'arrivais pas à comprendre.

— Il va beaucoup mieux. Les traitements fonctionnent. Dieu merci.

— Bonne nouvelle. Ce gamin mérite d'être heureux, déclara Dimitri.

— Attends, ça veut dire qu'on est oncles, dis-je soudain. Je ne sais pas pourquoi, mais je n'y avais encore jamais pensé.

— Parce que je ne suis pas encore marié à ta sœur. Mais le petit a une énorme famille maintenant.

— Encore plus si on inclut la famille de Thea, déclara Dimitri en riant.

— Non, bon sang, on ne va pas les ajouter, dis-je d'un ton pince-sans-rire.

— C'est fou que tu aies peur de leur nombre, commenta Dimitri.

— Ils devraient plutôt avoir peur des Carr, déclara Devin. On commence à se multiplier.

— En parlant de multiplication, dit Dimitri.

— Nous parlons de Thea, n'est-ce pas ? demandai-je avec désinvolture.

— En fait, je pensais à toi et à Zoey. Tu as quelque chose à nous dire ?

Je plissai les yeux vers Devin, qui leva les mains en l'air.

— Je n'ai rien dit.

— Aha, s'exclama Tucker. Alors, il y a quelque chose à dire.

— Quoi « aha » ? Il n'y a rien à dire. Nous sommes juste... en train de voir comment les choses se passent.

— Est-ce que les filles le savent ? demanda Dimitri. Je pense que nous l'avons tous remarqué, mais je ne crois pas que Zoey leur ait encore dit quelque chose.

— Je ne sais pas, dis-je honnêtement. Je suis sûr qu'elle le fera. Nous ne gardons pas vraiment le secret, mais nous n'en parlerons pas non plus. C'est nouveau et on avance un pas à la fois.

— D'accord, mais ne merde pas parce que je vais en entendre parler par Amelia, dit Tucker en levant les yeux au ciel.

Je lui lançai un bâton de céleri, mais il le rattrapa en plein vol et croqua dedans.

— Ça aurait été mieux avec du bleu, déclara-t-il.

— Blasphémateur, dis-je en secouant la tête. Et arrête de penser que je vais lui faire du mal. Je déteste ça.

— C'est plus fort que moi. Vous vous êtes comportés comme des cons avec moi, alors je fais pareil, rétorqua Tucker avec un clin d'œil.

J'allais lui lancer une carotte, mais Dimitri retint ma main.

— Arrête de jeter des légumes. Nous sommes des adultes. Si tu tiens à le faire, lance des wings au moins.

— Ne t'avise pas de tacher mon putain de canapé, grogna Devin. On ne parle pas de femmes ce soir. C'est une soirée entre mecs avec des wings et du sport à la télé. Qu'est-ce qui passe ce soir ?

— On est tellement concentrés sur le boulot maintenant qu'on ne sait plus ? demandai-je en gémissant.

Devin haussa les épaules.

— Le travail, les femmes, et les bébés. Apparemment, ça prend beaucoup de temps.

Je secouai la tête et m'adossai au canapé en grignotant des wings alors que nous mettions un match pour notre soirée entre mecs. Je savais que les choses étaient en train de changer, entre les enfants et les mariages à venir, mais c'était bien de vivre un peu l'instant présent. Parce que même si ma tête recommençait à me faire mal et que mon estomac se révulsait, je savais que je devais m'accrocher à la normalité.

À ce qui était sensé.

Peut-être – juste peut-être – que Zoey pourrait être ça.

À condition que, comme les gars l'avaient dit, je ne merde pas.

Chapitre Onze

Zoey

J'AVAIS DES CRAMPES AUX MAINS. MES PIEDS ET MON dos me faisaient souffrir et j'étais sûre de démarrer un mal de tête. Vivement ce soir.

Je m'étirai et décidai de rentrer à la maison. Je n'avais pas prévu de travailler si tard, mais j'avais dû prendre une longue pause-déjeuner – mais sans le déjeuner – car Lacey avait eu besoin de moi pour l'organisation de son mariage.

Elle avait dû rencontrer les propriétaires de la magnifique ferme où devaient se dérouler la réception, le mariage et la répétition. John était censé l'accompagner, mais il avait eu une urgence et notre mère avait un abcès dentaire, donc j'avais dû y aller. Maman se remettait, John s'excusait et j'étais épuisée.

Lacey n'avait pas voulu y aller seule, et je ne l'en blâmais pas. Il y avait des milliers de petites décisions à prendre, et elle avait besoin d'un deuxième avis, même si je n'avais pas dit grand-chose. Mais cette pause-déjeuner de deux heures avait rongé ma journée et j'avais quand même mon travail à terminer. J'étais épuisée, mais au moins tout était fini.

Comme j'étais en retard, je n'avais pas pu être à temps chez moi pour accueillir les filles pour notre soirée. En rentrant, je vis qu'Erin et Amelia coupaient de la charcuterie et se servaient du vin.

— Tu vois ? Je savais que c'était une bonne idée qu'on ait chacune les clés des unes et des autres pour les urgences, dit Erin en me tendant un verre de vin rouge.

J'en bus la moitié d'un trait et soupirai.

— Quel bonheur. Un pur bonheur.

— Longue journée ? demanda Amelia en prenant une gorgée de son propre vin.

— Longue mais positive. Il me fallait du vin et du fromage de toute urgence. Vive ton idée de clé.

— Amen, dit Erin en faisant tinter son verre contre le mien.

Amelia se précipita et tinta également son verre.

— Ne m'oubliez pas, dit-elle. Au vin et au fromage et à la soirée entre filles.

— Il fallait que je mange. Je n'ai pas pu déjeuner, expliquai-je en prenant une autre gorgée, prête à me noyer dedans.

— Bienvenue à la maison dans ce cas, dit Erin. Et la nourriture ne serait pas superflue, vu que tu viens d'avaler tout ton verre. On va te faire un peu manger. Nous avons de la charcuterie, mais j'ai aussi fait ces petites boulettes de viande que tu aimes tant.

— Ooh, les sucrés dans le crockpot ?

— Oui, j'ai même apporté le crockpot.

— J'adore le nom que Devin lui a donné. Je suis sûre que tu l'utilises aussi pour les trempettes, dit Amélia en reniflant.

— Plus maintenant. J'ai dû acheter un plus grand crockpot pour les trempettes parce qu'il n'y a pas que nous : les hommes mangent pas mal de trempettes au fromage.

— Comment leur en vouloir ? demandai-je en riant.

— C'est vrai. Quoi qu'il en soit, on a des boulettes de viande faites au crockpot, et de la trempette au crockpot, et de l'ananas enrobé de bacon.

Mon estomac grogna.

— Du bacon ? gémis-je.

— Tu le sais bien.

Je pris une boulette de viande et crus mourir de béatitude.

— Je suis vraiment désolée d'être en retard. Je n'ai rien fait pour vous aider ce soir.

— Tu nous as laissé la maison, réfuta Amelia en secouant la tête. Et si on boit trop de vin et que les hommes ne peuvent pas venir nous chercher, tu nous laisseras dormir ici. Je ne vois pas vraiment le problème.

— En ce qui me concerne, je ne peux pas rester pour la nuit, déclara Erin. Je vais partager une bouteille de vin avec vous, mais ensuite je rentre, dit-elle en grimaçant.

— Tout va bien ? demandai-je en fronçant les sourcils.

— Parfaitement, mais Devin et moi devons commencer à planifier le mariage, et ce soir c'est le seul moment où il peut le faire.

Je hochai la tête.

— Ce n'est pas un problème. C'est déjà pas mal qu'on dîne ensemble. Et puis honnêtement, je suis trop fatiguée pour une longue soirée.

Amelia sourit.

— Ça m'arrange aussi. Ça fait un moment que je n'ai pas passé une nuit entière avec Tucker. Et comme par hasard, il ne travaille pas ce soir.

— Maintenant j'ai mauvaise conscience. Si vous

voulez on peut annuler la soirée. La plupart des aliments peuvent se conserver.

— Non, dînons, buvons, et ensuite on ira rejoindre nos hommes, déclara Erin avant de se tourner vers moi. Et peut-être que tu pourrais inviter Caleb à passer.

Elle ponctua sa déclaration par un clin d'œil, et je fis de mon mieux pour prendre un air innocent.

— Oh, waouh, tu es aussi subtile qu'un marteau piqueur.

— C'est plus fort que moi. Alors, quand est-ce que ça a commencé ? Qu'avez-vous fait ? Raconte-nous.

— Tout ce que j'ai fait, c'est vous envoyer un texto pour dire que j'ai dîné avec Caleb, et vous pensez avoir tout deviné, dis-je en levant les yeux au ciel.

— On ne sait pas tout, déclara Erin. C'est justement pour ça qu'on te pose la question.

— Et puis on veut l'entendre de ta bouche, ajouta Amelia. On vous a tous vus partir ensemble de la fête prénatale.

Je rougis.

— Il m'a juste raccompagnée.

— Ah oui ? Raccompagnée jusqu'à ta chambre ? demanda Amelia en riant de sa propre blague.

Je levai les yeux au ciel mais je savais que je rougissais jusqu'aux oreilles.

— Oh, dis-nous, supplia Erin en dansant sur son tabouret de cuisine.

— Je ne sais pas quoi dire.

Je regardai mon verre, souhaitant avoir les mots pour décrire ce qui se passait. Je l'ignorais, et c'était ça le problème.

Amelia me tapota la main.

— Commence simplement par le début.

Je n'allais sûrement pas commencer par le début. Personne n'avait besoin de savoir que j'avais un coup de cœur non partagé depuis si longtemps.

C'était embarrassant.

— On a simplement parlé, surtout de la planification du mariage, et une chose menant à une autre... on a fini par s'embrasser.

— Oui ! s'écria Amelia en tapant dans la main d'Erin.

— Et ? insista Erin.

— Et nous voyons comment ça se passe.

— Et que s'est-il passé jusque-là ? demanda Erin en remplissant un peu plus mon verre de vin.

Je la regardai en plissant les yeux.

— Est-ce que tu essaies de me saouler pour que je te dise ce qui s'est passé ?

— Peut-être, dit-elle en riant.

— Tu es horrible.

— C'est vrai, mais j'ai appris des meilleures. Vous m'avez toutes les deux fait subir la même chose avec Devin. On veut savoir ce qui se passe,

Zoey. Et puis c'est agréable de vous voir enfin ensemble.

— Enfin ? demandai-je en me figeant.

Erin grimaça.

— Oups, marmonna Amelia dans sa barbe.

Je déglutis avec peine.

— Qu'est-ce que tu veux dire, par « enfin » ? Tu sais quelque chose que j'ignore ? demandai-je en essayant de garder une voix décontractée.

— D'accord, je vais le dire, dit Amelia. Tu sais quand tout le monde pensait que Tobey et moi étions ensemble, ou quand après ce qui m'est arrivé, personne n'en parlait devant moi ? demanda Amelia.

Je grimaçai.

— J'en suis désolée. Ne parle pas de choses qui te rendent triste.

Tobey était l'ancien meilleur ami d'Amelia, et après une soirée malheureuse où Amelia lui avait avoué son amour, et suite à d'autres évènements, ils avaient fini par mettre un terme à leur amitié. J'étais certaine que ça lui faisait toujours mal d'y penser.

C'était l'une des raisons pour lesquelles je n'avais jamais rien fait avec Caleb. Je n'ai jamais voulu ressentir ce qu'Amelia avait ressenti. Je n'ai jamais voulu détruire le peu de santé mentale et de paix que j'avais. Mais il était bien trop tard maintenant.

— Ne t'en fais pas pour ça. J'ai Tucker et je suis

heureuse. Oui, Tobey me manque, mais j'aime les relations saines que j'ai à présent, sans les mensonges qui se passaient apparemment sous mon nez.

Avec Erin, on tendit nos mains vers elle.

— Je vais bien. Vraiment. Mais je vais mieux quand je n'ai pas à en parler.

— Je suis désolée, dis-je.

Elle secoua à nouveau la tête et laissa échapper un long soupir.

— Non, c'est moi qui ai lancé le sujet, parce que c'est presque similaire. Tout le monde pensait qu'il y avait quelque chose entre Tobey et moi. Il n'y avait rien et j'en suis heureuse sinon je n'aurais pas regardé Tucker et je ne serais pas tombée amoureuse de lui comme ça. Quoi qu'il en soit, notre groupe *a* remarqué les regards que vous vous échangiez, et pas seulement de ton côté. Ça fait un moment que ça dure. Mais, ajouta-t-elle rapidement quand j'ouvris la bouche pour parler, nous ne voulons pas que ça se termine comme avec Tobey et moi. Alors, je veux penser positivement.

Mon cerveau avait du mal à saisir. Ils savaient tous. Depuis tout ce temps, ils savaient. Non, ils n'en savaient qu'une partie, j'en étais sûre. Ils ne connaissaient pas la profondeur de mes sentiments – je ne les connaissais même pas. Et j'étais certaine que les regards que Caleb me lançait en ce moment – et que les autres *avaient* remarqués – avaient changé récemment. Non pas que je sache comment étaient ses regards à l'époque de notre amitié, ou ceux en ce moment de notre relation actuelle – quelle qu'elle soit.

— Moi aussi, je veux penser positivement, mais je ne savais pas que tout le monde avait compris qu'il me plaisait.

Voilà, j'étais capable d'être honnête et ouvert à ce sujet.

— Ce n'est pas que ça, dit rapidement Erin.

— Vraiment ?

— Eh bien, nous avons toujours pensé que Caleb pourrait aussi avoir un faible pour toi. Et étant donné que vous ressentez peut-être quelque chose, quoi que ce puisse être, peut-être que nous avions raison.

— Je suis certaine que Caleb Carr n'a jamais craqué pour moi, dis-je en riant.

Amelia claqua des doigts.

— Tu vois, c'est des trucs comme ça. C'est comme ça qu'on s'est rendu compte que tu avais peut-être un faible pour mon frère.

— Comment ça ?

— Tu l'appelles toujours Caleb Carr quand tu parles de lui. Tu ne m'as jamais appelée Amelia Carr, ni Dimitri ou Devin. Caleb a toujours été spécial.

Sachant que je rougissais, je baissai la tête.

— Je pense que Caleb aime quand je l'appelle comme ça.

Amelia baissa les yeux et Erin éclata de rire.

— D'accord, nous parlons au sens très *large*. Je ne veux pas en savoir trop sur ce que mon frère peut aimer ou non.

Je ris et secouai la tête.

— Je ne disais rien d'obscène. C'est juste que quand on parle ou qu'on se dispute, j'ai tendance à l'appeler comme ça. Je ne peux pas m'en empêcher.

— Depuis combien de temps est-ce que tu as des sentiments pour lui, Zoey ? demanda Erin d'une voix douce.

— Pas si longtemps, mentis-je.

— Tu n'as pas à nous mentir, insista-t-elle d'une voix douce. Nous ne te jugerons pas.

— Peu importe quand ça a commencé, c'est *maintenant* que ça se passe. C'est probablement juste une aventure. Vous savez, un petit intermède dans nos vies où on apprend à se connaître, où on s'amuse, et on se quitte bons amis. Parce que je ne veux pas briser notre amitié.

Les yeux d'Amelia s'assombrirent et elle hocha la tête.

— Je sais. Ne fais pas comme moi en imaginant la fin avant de profiter du début et du milieu.

— J'ai fait la même chose, ajouta Erin. J'attendais que Devin me quitte. À tel point que j'ai failli manquer ce qui se trouvait juste devant moi. Alors, n'oublie pas ce qui est bon et profite du présent.

Elles semblaient si inquiètes pour moi que je finis par m'inquiéter aussi.

— Je promets de ne rien faire de stupide, dis-je en souriant. À part, tu sais... coucher avec ton frère, ajoutai-je rapidement.

— Oh mon Dieu, s'écria Amelia. Vous avez couché ensemble ?

— Je pensais que tu l'avais déjà compris, dis-je en retenant un rire.

— Tu n'avais pas dit les mots avant, dit-elle en grimaçant.

— Alors comment c'était ? demanda Erin.

— Non, ne dis pas ça ! la coupa Amelia en plaquant ses mains sur ses oreilles. Je ne veux pas savoir.

— Tu peux simplement lever ou baisser le pouce, déclara Erin.

Amelia cria à nouveau.

— Ferme les yeux, mauviette, dit Erin, toujours en riant.

— Je ne sais pas si je dois vous le dire, rétorquai-je en essayant cette fois de ne pas éclater de rire.

— Mais si, dit Erin. C'est à ça que sert la soirée entre filles. Du fromage, du vin et des pénis.

— Arrête de dire « pénis » quand tu parles de mes

frères. Il me faut de nouvelles amies qui ne couchent pas avec mes frères.

— Ou peut-être qu'il te faut des frères qui n'ont pas des queues incroyables, dis-je en riant.

Amelia me lança un coussin que je rattrapai avant qu'il ne heurte la bouteille de vin.

— Tu es un vrai bébé, dis-je.

Amelia me fit un doigt d'honneur.

— Je trouverai un moyen de vous le faire payer. À toutes les deux, ajouta-t-elle en fermant les yeux.

— D'accord, dit Erin en souriant. Pouce vers le haut ou vers le bas ?

J'avais conscience qu'il valait mieux que je sois discrète et que je ne parle pas de Caleb quand il n'était pas là, mais je ne pouvais pas m'en empêcher. J'étais trop excitée. C'était nouveau et c'était tout ce que j'avais toujours voulu, même si nous ne savions pas où on allait.

Alors, je levai les deux pouces et remuai mes fesses en souriant largement.

Erin éclata de rire et Amelia gémit.

— Est-ce qu'elle mime un pénis ou ce genre de choses ? Non, ne me dis pas. Je ne veux pas savoir.

— Tu peux ouvrir les yeux. Je ne vais pas parler de la façon dont j'ai souillé ton frère, dis-je en battant des cils.

— Oh, bien sûr, Caleb était totalement vierge, déclara Amelia en levant les yeux au ciel.

Puis elle se figea et mit sa main sur sa bouche.

— Je suis tellement désolée, marmonna-t-elle.

— Quoi ? dis-je, pas du tout blessée. Tu pensais que je le croyais vierge ? J'ai rencontré tellement de ses copines que ça serait un peu ridicule. Je pourrais sûrement écrire un livre de cinq cents pages dessus et il m'en manquerait encore quelques-unes.

— Est-ce que ça te dérange ? demanda Amelia.

— Qu'est-ce qui me dérange ?

— Qu'il soit sorti avec autant de femmes ? Je veux dire, je ne pense pas qu'il ait couché avec toutes, dit Amelia en grimaçant. Non, je ne veux pas penser à tout ça, mais je ne pense pas qu'il ait couché avec toutes les filles avec qui il est sorti.

— Si c'était le cas, le nombre serait stupéfiant, dis-je sèchement. Mais je ne sais pas. Je ne crois pas que ça me dérange qu'il ait un passé. C'est son droit. Et je l'ai toujours vu bien traiter les femmes. Les ex que j'ai vues, étaient agréables avec lui, jamais jalouses ou grossières.

— Franchement, Denver est la plus grande petite ville de tous les temps, déclara Erin. Je n'arrête pas de tomber sur mon ex, donc je ne peux qu'imaginer ce que c'est pour toi et Caleb.

Quand je lui serrai la main, elle sourit.

— Ça va. J'ai vraiment évolué. Tu ne peux pas changer ton passé avec Caleb, mais tu peux t'attendre à un avenir.

Je haussai les épaules.

— Je ne veux pas trop regarder vers l'avenir car je pourrais être déçue. J'ai le droit de vivre simplement dans le présent, aider à planifier trois mariages en même temps, et m'amuser. J'ai le droit de m'amuser.

— Sans aucun doute.

Amelia embrassa ma tempe et Erin embrassa l'autre, puis on mangea du fromage, but du vin et on évita de parler de queues. Surtout parce que j'avais peur qu'Amelia puisse me faire du mal.

Quand elles partirent, j'étais rassasiée, heureuse et je songeais à un autre verre de vin. La sonnette retentit et je fronçai les sourcils en me demandant si c'était l'une des filles.

J'ouvris et me figeai.

— Caleb, murmurai-je, la gorge sèche.

— Salut. Devin m'a dit qu'Erin venait de rentrer, alors je me suis dit que je pourrais passer.

— Tu n'as pas appelé ou envoyé de SMS, n'est-ce pas ? Je n'ai rien vu.

Je sortis mon téléphone de ma poche, mais il posa sa main sur mon bras et secoua la tête.

— Je voulais te surprendre et faire comme si on vivait dans une ère pré-cellulaire. Comme à l'âge de pierre.

— Comment faisaient les gens quand on passait à l'improviste chez eux ? demandai-je avec un ricanement. Ou – mon Dieu – quand il fallait utiliser le téléphone pour parler plutôt que pour envoyer des SMS.

Je feignis un frissonnement et reculai pour le laisser entrer.

— Je peux te laisser si tu veux être seule.

— Non, c'était une soirée sympa, et les filles devaient rejoindre leurs hommes.

— Alors, on peut dire que ton homme est venu te rejoindre ? demanda Caleb.

Mes yeux s'agrandirent et il rit en secouant la tête.

— On n'a pas besoin de m'appeler ton « homme ». Quoique, c'est un peu bizarre. Je n'ai pas l'habitude d'être possessif. Qui aurait cru ?

Quand il se pencha pour caresser mes lèvres des siennes, je me figeai, croyant que je rêvais. L'homme que j'aimais depuis mon enfance était là, ses lèvres étaient sur les miennes, et il était là parce qu'il le voulait. Il voulait me voir.

Et je ne lui avais même pas demandé de venir.

Comment est-ce que ma vie avait pris cette tournure ?

Je gémis, et il se redressa après avoir doucement mordu ma lèvre et embrassé la piqûre.

— On pourrait se détendre devant Netflix, si tu veux. Tranquillou bilou, dit-il.

Je levai les yeux au ciel.

— Personne ne dit ça. On n'a plus vingt ans.

— C'est vrai, mais regardons un film. Je suis épuisé, et je voulais juste passer te voir. Ça te va ?

Je déglutis.

— Ça me semble une merveilleuse idée. Mais si je m'endors, ne te moque pas de moi si je ronfle ou bave.

Il repoussa mes cheveux derrière mon oreille et je tombai un peu plus amoureuse de lui.

— Promis. Tant que tu fais la même chose.

— D'accord. Quel film est-ce que tu veux ?

— Je suppose qu'on va devoir se battre.

Il sourit en m'entraînant dans le salon, et je fis de mon mieux pour ne pas trébucher ; pas tête la première, mais dans mon cœur. Ce n'était pas possible que je puisse l'aimer autant qu'en ce moment. Je ne pouvais pas laisser ce coup de cœur dégénérer. Je devais y aller doucement.

Mon plan inexistant était en train de se concrétiser, et j'avais tellement peur de ce qui arriverait une fois que je me serais laissée aller et que j'y aurais cru.

Chapitre Douze

Caleb

— Pourquoi est-ce qu'on appelle ça un « enterrement de vie de garçon » plutôt qu'une soirée entre mecs ? demanda l'un des autres garçons d'honneur alors que nous étions dans la limousine intérieur cuir, louée pour l'occasion.

— Parce que ça sonne mieux qu'une soirée entre mecs ? répondis-je en haussant les épaules.

— Je ne sais pas, ça donne l'impression qu'on va passer la soirée à pleurer, dit le gars qui avait clairement bu trop de whisky à notre premier arrêt.

Les épaules de John, assis à côté de moi, se mirent à

trembler alors qu'il essayait de retenir un rire. Je le regardai fixement.

— Je te laisse gérer ça. Ce sont tes amis.

John enroula son bras autour de mon épaule et me serra avec force.

— Hé, on peut aussi être tes amis. On vient tous d'horizons différents, mais on est ici dans un but commun : faire la fête.

— Tu n'as bu qu'un verre, dis-je en plissant les yeux vers lui. *Un* seul verre dans ce bar à whisky et à cigares.

— Je pense que l'odeur des cigares m'a rendu ivre.

— Je ne pense pas que ça soit possible.

Mais John se contenta de secouer la tête.

— J'aime bien le mot *stag* parce que c'est britannique, n'est-ce pas ? dis-je en le regardant. À l'époque de la Géorgie ou de la Régence, n'est-ce pas ainsi qu'ils appelaient cela ? Et je pense qu'ils le font encore là-bas. Bref, je voulais avoir l'air chic. Et ma future femme aussi.

John sourit.

— Ma future femme. Tu n'aimes pas entendre ça ? Épouse, épouse, épouse, épouse, épouse.

Je retins un sourire et laissai John continuer à parler de *stag*, de Britanniques et de sa future épouse. John n'avait pris qu'un seul verre, et il était déjà un peu gris. Mais c'était John. Il ne tenait absolument pas l'alcool, et c'était pour cette raison qu'il allait sans aucun doute boire du soda durant le reste de la soirée.

Moi aussi j'allais boire du soda, mais c'était surtout pour garder la tête froide. Il fallait bien que quelqu'un soit responsable du groupe, et ça allait être moi. Quand est-ce que c'était arrivé ? Quand est-ce que j'étais devenu le responsable ?

N'était-ce pas effrayant ?

Je n'avais jamais été le genre de personne à m'occuper des autres et m'assurer que tout se passe bien, mais faut croire que le temps change un homme. Ça et une possible tumeur au cerveau qui n'était pas encore une tumeur avérée. Oui, ça aussi, ça vous changeait. Sans parler du fait que j'avais peur que Zoey me tue s'il arrivait malheur à John. Oh bien sûr, je ne voulais pas qu'il arrive quoi que ce soit à John, mais Lacey stressait tellement Zoey avec ses exigences – surtout depuis ces deux dernières semaines, quand tout s'était vraiment accéléré – que je ne voulais surtout pas en rajouter.

Je ne m'étais même pas rendu compte qu'elle était devenue une force motrice dans mes décisions. Peut-être que ça me plaisait... ou peut-être que je préférais faire semblant que ce n'était pas le cas.

— Où allons-nous ensuite ? demanda John.

— La boutique de BD, répondis-je pour la troisième fois en trois minutes puisque le groupe ne cessait de me poser la question. Rappelle-toi, c'est toi qui m'as aidé à programmer la soirée.

John sourit.

— Ah oui, on va passer la nuit avec des bandes dessinées.

— Mais l'alcool n'y est pas autorisé, dis-je en regardant le reste du groupe. Alors comportez-vous bien, parce que si vous abîmez une seule de ces précieuses bandes dessinées, vous devrez non seulement l'acheter, mais le propriétaire baraqué de cent dix kilos pourrait vous tuer.

— Qu'il vienne me voir, déclara l'un d'eux en fléchissant ses muscles.

Comme le mec était culturiste, il était fort probable qu'il puisse se défendre face au propriétaire de la boutique, mais je préférais ne pas en arriver là.

— On pourrait aussi tout simplement bien se comporter, rétorquai-je en lui adressant un clin d'œil avant de siroter mon soda.

— Tu n'es pas drôle, dit un autre, heureusement en plaisantant.

— Hé, nous avons toujours besoin d'un Sam, dit John déjà moins ivre que tout à l'heure.

Il ne fallait pas longtemps à John pour se saouler, mais il dégrisait en général assez rapidement.

— C'est vrai. Mais je n'aurais jamais pensé que ce

serait toi, Caleb, déclara le plus ivre du groupe en gloussant.

Un homme adulte qui gloussait ? Combien de whisky avait-il bu en douce ?

— Je me contente de vous garder en vie. Parce que cet homme pourrait te tuer d'une seule main.

— Je suis tellement excité à l'idée de cette boutique. On est autorisés à acheter ce soir ? Je ne m'en souviens pas. Je vais arrêter le whisky en ce qui me concerne.

Le ton empli de révérence de John me fit sourire.

— Tu peux acheter tout ce que tu veux, mais je garderai ta carte de crédit, dis-je en secouant la tête tandis qu'il faisait la moue. On n'aimerait pas que tu dépenses tout le budget de la lune de miel en bandes dessinées.

— Je ne ferais jamais ça, protesta-t-il clairement offensé.

C'était une nuit intéressante : bandes dessinées, whisky et cigares, et plus tard un boui-boui que je connaissais bien avec une bonne ambiance et qui proposait des boissons amusantes. Ce n'était pas ce que j'aurais imaginé pour un enterrement de vie de garçon, mais il ne s'agissait pas de moi.

Une image de Zoey en robe blanche au bout d'une allée s'imposa à mon cerveau, et je faillis m'étouffer.

OK, qu'avais-je mis dans ce soda ? Nous n'étions

ensemble que depuis quelques semaines, et ce n'était que pour le sexe. Il ne pouvait rien y avoir de sérieux entre nous, car je ne savais toujours pas ce que j'avais. Et même si je n'avais plus eu de grosse migraine depuis que Dimitri m'avait aidé ce soir-là, elles pouvaient se déclencher à tout moment. Donc, penser à Zoey dans une robe de mariée alors que nous n'en étions pas encore là, était stupide.

Il fallait que je maintienne les choses à un rythme de croisière. Nous devions rester des sex friends qui se fréquentaient et faisaient parfois des choses ensemble.

Merde, il fallait que je prenne du recul. Ça allait trop vite dans mon esprit si j'avais déjà ce genre d'étranges pensées avec Zoey en robe de mariée. Je chassai rapidement cette idée et attendis d'être entré dans la boutique de BD pour reprendre mon souffle.

Zoey.

En robe de mariée.

Putain.

Je m'appuyai contre le mur et jetai un regard circulaire autour de moi. J'aimais lire et j'aimais bien les films de super héros, mais je n'étais pas un grand fan de bandes dessinées... ce n'était pas trop ma tasse de thé. Mais j'aimais bien regarder les yeux de John s'illuminer alors qu'il les passait en revue. C'était comme s'il était retombé en enfance.

Personne n'était débraillé ou trop ivre, et tous se

mirent à parler de DC et Marvel, le nouveau *Joker*, *Wonder Woman* et *Supergirl*.

Puis ils discutèrent de personnages obscurs, dont certains que je ne connaissais même pas. Quelqu'un évoqua *Wolverine* et je souris. Oui, *Wolverine* était mon genre de héros.

Mon téléphone sonna et je le sortis de ma poche.

Zoey : *Tout va bien ?*

Mon cœur s'accéléra à la vue de son nom et je jurai. Merde, je ne pouvais pas devenir trop proche. Pas entre ma situation incertaine et le fait qu'on venait tout juste de commencer. Nous devions aller lentement sans se prendre la tête.

Je faillis ne pas lui répondre, mais je ne voulais pas non plus être un con. Il devait bien y avoir un juste milieu.

Moi : *Nous sommes à la boutique de BD.*

Zoey : *J'adore l'idée. Tu as trouvé quelque chose qui te plaise ?*

Moi : *Je ne fais que les chapeauter. Qu'ils ne fassent pas de bêtises.*

Zoey : *Je suis contente qu'ils t'aient. Quand est-ce que tu rentres ?*

Mon sexe se pressa contre ma fermeture éclair et je jurai. Elle ne me demandait pas de venir ou à me voir, mais bien sûr, mon sexe la désirait.

J'ignorai tout ce qui en moi voulait la voir aussi. Je devais l'ignorer. Je ne pouvais pas la désirer autant.

Moi : *On doit encore aller à ce bar s'ils sont toujours partants, mais je pense que John est fatigué. Il a eu une semaine très chargée, et je comprendrais qu'il veuille rentrer.*

Zoey : *Je viens de laisser Lacey à la maison avec un livre pour qu'elle puisse se détendre.*

Je fronçai les sourcils en pensant que je m'étais trompé de date.

Moi : *Sa soirée d'enterrement de vie de jeune fille s'est terminée très tôt, non ?*

Zoey : *Oui, elle ne voulait pas vraiment d'un gros truc. On a déjà fait une fête prénuptiale, donc ce soir on est simplement sorties dîner entre filles, mais c'est tout. Pas d'énorme fête avec strip-teaseur et tout.*

Moi : *Tant mieux. Parce que je ne pense pas que tu sois autorisée à aller voir des strip-teaseurs.*

Putain, je ne voulais pas avoir l'air aussi possessif. Je ne pouvais pas être comme ça avec elle. Zoey n'était pas à moi. Nous n'étions que des amis... qui couchions ensemble.

Zoey : *Ne vous inquiétez pas, monsieur. Pas de clubs de strip-tease pour moi. Je ne suis pas une grande fan des paillettes.*

Moi : *Eh bien, ils en mettent, alors tu as intérêt à ne pas revenir avec des paillettes si tu y vas.*

Zoey : *MDR.*

Moi : *Qu'est-ce que tu fais en ce moment ?*

Zoey : *Je m'occupe à la maison et je lis. Je devrais probablement faire ma comptabilité, mais je ne suis pas d'humeur.*

Moi : *Tu veux que je passe après avoir fini ?*

Je n'avais pas vraiment eu l'intention de lui envoyer ça, mais mes doigts s'étaient mis à bouger d'eux-mêmes.

Ça avait beau devenir trop sérieux, je voulais quand même être auprès d'elle.

Merde.

Zoey : *Si tu veux. Ça me ferait plaisir de te voir. Ça fait plusieurs jours maintenant. Sauf si tu rentres trop tard de ta soirée.*

Je levai les yeux et vis John qui jouait avec son téléphone et les autres qui s'étaient calmés.

Moi : *Donne-moi une heure ou deux.*

Zoey : *À bientôt.*

Mon ventre se noua et mon cœur s'emballa à cela.

Zut.

Nous ne pouvions pas être plus que ce que nous étions. Je ne pouvais pas laisser faire. Et pourtant j'avais le sentiment que je n'allais rien faire pour l'empêcher.

On finit par se rendre dans ce bar, mais juste une trentaine de minutes car personne n'était dans l'ambiance et que de toute façon j'avais hâte de rejoindre Zoey. Ça faisait probablement de moi un fou, mais je n'y pouvais rien. Je perdais la tête dès qu'il s'agissait d'elle.

Quand je déposai John chez lui, il me sourit.

— Merci pour cette soirée. Je sais que ce n'était pas la grosse fête comme la plupart des enterrements de vie de garçon, mais je me suis amusé.

Je lui rendis son sourire.

— Moi aussi, je me suis amusé. Tous les enterrements de vie de garçon n'ont pas besoin d'être excessifs.

— Exactement. On s'appelle bientôt, mais merci pour tout. Vraiment. Je sais que je t'ai un peu forcé la main... pas à coups de pied et de hurlements, mais presque.

— Tu ne m'as pas forcé du tout.

J'étais sincère. J'appréciais John et je voulais le voir heureux. Et c'était Lacey qui le rendait heureux.

Le fait que j'étais en train de tomber amoureux de la sœur de Lacey de manière flippante, était quelque chose à laquelle je préférais ne pas penser. Parce que, merde. Je n'avais pas le droit de tomber amoureux d'elle.

— Bonne soirée, et passe le bonjour à Zoey, dit-il avec un clin d'œil en sortant de la voiture.

— Hein ?

— Je t'ai vu envoyer des SMS ce soir. Dis bonjour à Zoey pour moi.

Je jurai mais hochai la tête, sachant que je ne

pouvais pas le nier. Je n'allais pas mentir à mon ami, mais je n'allais pas non plus me confier à lui.

J'attendis que John rentre, puis je me dirigeai vers la maison de Zoey. J'aurais pu tout stopper et rentrer chez moi, prétexter que j'étais trop fatigué. Je pouvais mettre de la distance entre nous.

Mais je n'y arrivais jamais, parce que mes raisons de ne pas m'impliquer me paraissaient de moins en moins crédibles. Il fallait juste que je nous fasse confiance pour ne pas tout foirer. Ça ne pouvait pas devenir plus sérieux entre nous tant que j'ignorais ce que mon avenir me réservait. J'avais trop peur que les prochains résultats d'analyses soient mauvais... si jamais j'obtenais ces satanés résultats puisque mon médecin était lent comme pas permis. Je chassai rapidement ces pensées de mon esprit et me dirigeai vers la porte de Zoey.

Elle ouvrit rapidement, sexy comme tout dans un jean gris et un petit haut. Ses cheveux blonds ébouriffés reposaient sur une épaule, comme pour une tresse. Je détestais qu'elle soit si belle et de ne pas pouvoir m'empêcher de vouloir *plus*. Ça devenait vraiment difficile de lui résister.

— Alors, tu t'es bien amusé ? demanda-t-elle en reculant pour me laisser entrer.

Je l'embrassai en comprenant aussitôt que c'était une erreur. Elle laissa échapper un halètement de surprise avant de gémir quand j'approfondis le baiser. Oui, j'irais en enfer, mais d'abord j'allais en savourer chaque minute.

— Eh bien, bonjour, dit-elle en souriant, les yeux vagues.

— Bonsoir, Petite Zoey. Oui, on a passé un bon moment. John est chez lui et va probablement lire l'une des nombreuses BD qu'il vient d'acheter.

— C'est bien. Je sais qu'il n'a pas beaucoup de temps pour lire ces jours-ci.

— Après le déménagement, il en aura encore moins pendant un certain temps avec son nouveau travail.

— Mais il en a eu ce soir. Je suis heureux qu'on n'ait pas fait n'importe quoi et qu'on se soit autant amusés.

— C'est John, il ne ferait jamais n'importe quoi.

Je la suivis jusqu'au canapé du salon, et mon sexe durcit à nouveau en me souvenant de ce que nous avions fait sur ce canapé. Elle se mordit la lèvre et je sus qu'elle pensait la même chose.

Merde, j'étais déjà trop dur et je ne l'avais même pas touchée.

— Tu as passé une bonne soirée ? demandai-je alors que nous nous installions sur le canapé.

Elle posa la tête sur mon torse et hocha la tête.

— On s'est bien amusées aussi, mais personne ne s'est saoulé. Je n'ai même pas bu. Je n'aime plus boire à l'extérieur, tu comprends ?

Ma mâchoire se crispa, et elle se blottit contre moi.

— Désolée, je ne voulais pas en parler, dit-elle rapidement.

Je secouai la tête, même si elle ne pouvait pas le voir.

— Tu ne devrais pas être désolée d'en parler, grognai-je.

— Mais je vais bien. Vraiment.

Elle voulut s'écarter, mais je la tins contre moi pour l'empêcher de voir mon visage.

— C'était il y a longtemps, et tu étais là, ajouta-t-elle.

— Tu vas peut-être bien, mais j'aimerais quand même retrouver cette merde et lui arracher les bras.

Elle sourit doucement quand je la relâchai et se pencha en avant, la main sur mon torse, pour caresser mes lèvres des siennes.

— Merci.

— Ne t'avise pas de me remercier pour ça.

— Je voulais dire merci d'avoir toujours pris soin de moi.

Je soupirai et l'attirai plus près.

— Tu veux regarder un film ?

Elle secoua la tête puis m'embrassa à nouveau.

— Vraiment ? demandai-je, les mains sur ses fesses.

— Mais pas sur ce canapé. Il faudrait que j'en achète un plus grand si on veut continuer comme ça, rétorqua-t-elle en souriant contre mes lèvres.

J'étais soulagé qu'elle n'ait pas remarqué que je m'étais raidi. Parce que, merde, acheter un autre canapé ? C'était vraiment se projeter dans l'avenir. Et ce n'était pas possible pour moi.

Alors, à la place je l'embrassai passionnément avant de me lever en la prenant dans mes bras. Elle poussa un cri et enroula ses jambes autour de ma taille pendant que je l'emmenai vers sa chambre. Puis elle me caressa le visage en me regardant.

Ça me faisait mal de l'admettre, mais j'avais besoin d'elle. Pour ne pas y penser, je me remis à l'embrasser. Une fois dans la chambre, on se déshabilla mutuellement.

— Je te veux en moi, chuchota Zoey.

Ma queue se durcit davantage, chose que j'aurais cru impossible. Je passai mon T-shirt par-dessus ma tête et elle défit la ceinture de mon pantalon. Le son du cuir et du métal de la boucle nous fit gémir tous les deux. Je retirai son haut et défis son soutien-gorge pour laisser ses seins retomber lourdement dans mes mains.

Elle laissa échapper un soupir lorsque je pinçai son mamelon, puis je me penchai pour en aspirer le bout. J'en voulais plus. Je voulais que ses petits mamelons roses deviennent tout rouges et ressemblent à de petites cerises pendant que je les suçais et les léchais.

Elle gémit en pressant ma tête contre ses seins, et je ne pus m'empêcher de sourire.

— Impatiente, grognai-je.

— Tout comme toi.

Elle n'avait pas tort.

Je retirai mon pantalon avant de baisser son jean, et on se retrouva nus. Je posai mes mains sur ses fesses et la renversai sur le lit. Elle poussa un petit cri, mais je n'y prêtai pas attention. Au lieu de cela, je me mis à genoux et glissai ma bouche entre ses cuisses.

Une main posée dans mes cheveux, et l'autre agrippant le rebord du lit, elle me laissa la lécher, la sucer et la dévorer. Je séparai ses replis et admirai son intimité moite et luisante avant de continuer. Quand je gémis contre son clitoris, elle resserra immédiatement les jambes autour de mes épaules. Je la léchai à nouveau, cette fois en utilisant deux doigts pour la pénétrer. Les parois internes de son sexe se resserrèrent autour de mes doigts que je fis tourner, à la recherche du point sensible qui, je le savais, pouvait la faire décoller en un instant.

Son corps trembla, tout comme le mien. Mon sexe était si dur que j'avais peur de jouir immédiatement, mais je pressai ce point, l'encerclai, et appuyai à nouveau, le pouce sur son clitoris. Elle jouit avec force et ma main fut couverte de son nectar alors qu'elle tremblait en criant mon nom.

Je continuai à lui donner du plaisir jusqu'à ce qu'elle soit à nouveau prête à jouir. Je retirai alors mes doigts et rivai mon regard au sien alors que je léchais mes doigts mouillés un par un. Ses yeux s'assombrirent et ses jambes s'écartèrent, me dévoilant chaque centimètre d'elle, tandis qu'elle remontait ses mains sur ses seins pour les prendre. Je me précipitai vers le préservatif et m'en couvris sans la quitter des yeux.

— Caleb, murmura-t-elle.

Je hochai la tête, incapable de parler, et me positionnai à son entrée avant de m'enfoncer, centimètre par centimètre. Elle était si étroite malgré tous nos rapports. Je dus fermer les yeux et essayer de penser à l'Angleterre ou au baseball pour ne pas éjaculer immédiatement. Et dire que je n'étais même pas entièrement en elle.

Ses mains agrippèrent mes épaules pour me tirer vers elle. Je l'embrassai et l'instant d'après j'étais entièrement en elle. Nous tremblions tous les deux alors que ses parois intimes se serraient autour de ma queue.

Aucun mot n'était nécessaire. J'entamai un va-et-vient, lentement d'abord, puis plus vite, plus en plus fort, jusqu'à ce qu'on se déhanche à l'unisson, au bord de l'extase. Puis je plaçai ma main entre nous et jouai encore avec son clitoris pour qu'elle jouisse en même temps que moi.

— Avec moi, Petite Zoey.

Elle hocha la tête et serra ses muscles internes. Mes yeux se fermèrent et je plaquai mes lèvres sur les siennes alors qu'elle jouissait avec force et que je la suivais dans le plaisir. Je ne criai pas son nom, et ne fis rien d'autre que l'embrasser. Parce que j'avais peur.

Tellement peur de tomber amoureux si je ne faisais pas attention.

Je ne pouvais pas me le permettre, pas avec la crainte de manquer de temps. Pas quand l'inconnu me fixait et que j'avais le regard tourné vers l'abîme.

Je continuai mes coups de reins sans me détacher de sa bouche, prenant chaque once de plaisir qu'il m'était possible de prendre. Parce que ce moment était mon présent, et si j'avais de la chance, peut-être même mon futur. Mais je ne m'attardai pas là-dessus.

Alors qu'on s'endormait dans les bras l'un de l'autre, j'essayai de me dire que j'allais bien. J'essayai de penser que je ne faisais rien de mal. Elle ne savait pas que j'étais malade et que je devais passer d'autres scanners.

J'avais conscience que je pourrais lui briser le cœur si je ne prenais pas garde. Et éventuellement le mien aussi.

Chapitre Treize

Zoey

On était enfin à la répétition du mariage. J'avais l'impression que c'était hier que je m'étais rendue chez mère, sans savoir que ma vie allait changer. C'était comme si c'était la veille que ma sœur m'avait tendu sa tablette et son livret de mariage de l'enfer en me demandant d'être sa demoiselle d'honneur.

Je ne regrettais pas de l'avoir fait pour elle, même si je déplorais le temps que ça m'avait pris. Cependant, j'avais appris à connaître Caleb en cours de route, alors peut-être que ça en valait la peine.

Je secouai alors la tête. Non, je n'avais pas le droit de trop penser à lui aujourd'hui, même s'il serait avec moi durant toute la répétition, et peut-être un peu après.

Nous n'avions rien prévu pour ce soir, à part rester ensemble, mais je ne pouvais m'empêcher d'en vouloir plus.

Comment étais-je tombée si vite amoureuse de lui ?

Je savais qu'un coup de cœur, même s'il durait depuis l'enfance, était très différent que d'être avec l'homme en question et découvrir les différentes facettes de sa personnalité. Pourtant, même si je l'avais eu auprès de moi pratiquement toutes les nuits cette semaine, je ne pouvais m'empêcher de ressentir du désir. Ça aurait dû m'inquiéter, mais ce n'était pas le cas.

Cependant ce n'était pas le moment alors je chassai toute pensée de Caleb de mon esprit. Aujourd'hui c'était la journée de Lacey et de John. C'était même leur week-end.

Le mariage avait lieu samedi et ils avaient programmé la répétition du mariage pour jeudi, car la salle était déjà réservée le vendredi. Comme John avait réussi à poser son jeudi, nous nous trouvions tous dans cette belle ferme ancienne et rustique, prêts pour la répétition.

Ils devaient se marier samedi, ici même, et franchement, je n'aurais pas pu imaginer un meilleur endroit pour eux. Parce que Lacey pouvait paraître élégante et citadine, mais elle aimait la nature, les vieilles terres agricoles et les montagnes. Pareil pour John. Bientôt, ils devraient vivre dans une grande ville et n'auraient plus cette vue tous les jours.

Donc, ils comptaient en profiter au maximum, et j'étais heureuse de pouvoir en faire partie.

L'ancienne ferme était encore en activité, mais les propriétaires avaient aménagé la moitié pour la location, et même construit une auberge sur le terrain. Nous devions rester à l'auberge vendredi et samedi soir. Ce soir, nous devions rentrer à la maison, ce qui ne me dérangeait pas car j'avais besoin d'une pause entre Lacey et ma famille.

Non pas que je ne les aime pas, mais les mariages faisaient toujours ressortir le pire chez les gens.

— Waouh, Citrouille ! C'est vous qui avez fait tout ça ? demanda mon père.

— C'est entièrement l'œuvre de Lacey, dis-je en lui souriant.

Il secoua la tête et passa un bras autour de mes épaules avant de m'embrasser le haut de la tête. C'était un geste familier qui me donnait toujours un sentiment de sécurité.

Parce que quand maman et Lacey séjournaient à l'hôpital, c'était papa qui s'occupait de moi, m'envoyait à l'école, m'aidait à faire mes devoirs et travaillait comme un forcené pour que ma petite sœur ait tout ce qu'il lui fallait. Ça n'avait jamais vraiment été lui et moi contre le monde entier, mais il avait toujours été mon ancre au sein de la famille.

— C'est superbe. Jamais je n'aurais imaginé faire un mariage et une répétition de mariage dans une ferme. Mais c'est même très bien.

— Ça ne me fait pas vraiment penser à une ferme, dis-je en lançant un regard circulaire à l'endroit élégant avec les Rocky Mountain en toile de fond.

Mon père s'esclaffa. Effectivement ça ne faisait pas vraiment country. L'intérieur de la vieille grange, celle que les propriétaires de la ferme n'utilisaient plus parce qu'ils en avaient construit une plus moderne destinée à l'agriculture, avait été transformé en salle de réception.

Tout était en bois gris et d'aspect rustique, avec de longs bancs posés à l'intérieur et à l'extérieur puisque le temps était de la partie. Il y avait de belles nappes, des assiettes et accessoires or et blanc. Les tables avaient été joliment dressées, et j'attendais avec impatience le jour du mariage. La répétition n'en était qu'une petite partie. Ce n'était qu'un aperçu de ce que serait le jour J, mais les couleurs seraient encore plus vibrantes et saisissantes samedi.

— C'est magnifique, l'éclairage est excellent et je sais que ta sœur va adorer cette journée, surtout qu'en un rien de temps, son futur mari se tiendra à l'autre bout de l'allée.

— Elle s'est bien amusée ces dernières semaines.

— C'est gentil de le présenter comme ça, Citrouille, répondit mon père en riant.

Il m'embrassa à nouveau, puis désigna l'homme qui se tenait de l'autre côté de la salle.

— Et si mes yeux ne me trompent pas, il y a un homme à qui je devrais probablement parler... à ton sujet.

Je clignai des yeux et secouai la tête.

— C'est Caleb, papa. Tu connais Caleb.

Il acquiesça.

— Oui. Et j'ai vu la façon dont vous vous regardez. Dois-je lui faire le numéro du grand méchant papa ?

Je me figeai avant de rire nerveusement.

— Surtout pas. Nous sommes juste... tu sais, des amis.

— Je préfère ne pas savoir ce que signifie ce « *tu sais* ». Mais il te rend heureuse, je le vois bien, alors ça me fait plaisir. Mais sache que si jamais ça n'était plus le cas, je le tuerai. J'ai mes méthodes, et elles sont lentes et douloureuses.

Je ne savais plus s'il plaisantait.

— Tu sais, tu devrais probablement laisser Caleb et aller donner cette leçon à John. Après tout, il épouse ton adorable petite fille.

— Il épouse *une* de mes adorables petites filles, rétorqua-t-il en me pressant à nouveau l'épaule. Bon, je ferais mieux d'aller voir où je dois me placer, sinon je suis sûr que Lacey va me tirer les oreilles.

Il leva les yeux au ciel et je ris en secouant la tête.

— La voie est libre ? s'enquit Caleb en me rejoignant.

— Est-ce que tu as les oreilles qui brûlent ? demandai-je en riant.

— Pas tant que ça. C'est plutôt tout mon corps qui me brûle vu le regard qu'il m'a lancé. Il veut me tuer ?

Je secouai la tête et glissai mon bras autour de sa taille. Il me serra contre lui et je fis de mon mieux pour ne pas imiter mes amies en soupirant comme des princesses Disney dès qu'elles pensaient à leurs hommes.

Je n'allais *pas* devenir comme elles.

— Il voulait juste que je sache qu'il pourrait te tuer si ça s'avérait nécessaire.

— Sympa, dit-il d'un ton pas du tout convaincu.

Mais avant que l'on puisse en discuter davantage, la répétition commença. Je laissai Caleb là et partis rejoindre Lacey qui parcourait ses notes et regardait autour d'elle.

— On y va ! Marni, est-ce que ça va, chérie ?

Tous les regards se tournèrent vers la sœur de John qui était assise sur une des chaises près de nous. Elle tapota son ventre très rond.

— Tout va très bien ici. Il reste encore quelques semaines avant la date. Ne t'inquiète pas.

Lacey sourit, mais je n'y vis pas beaucoup d'enthousiasme.

— Oh, je ne suis pas inquiète. Ce bébé ne viendra pas samedi.

Elle toucha du bois et jeta ce qui me sembla être du sel par-dessus son épaule. Où avait-elle trouvé du sel ? Je n'en avais aucune idée.

— Tout ira bien, et dans quelques semaines, on accueillera un nouveau membre dans la famille. Tout se passera dans un ordre agréable et logique.

Je résistai à l'envie de regarder ma mère, parce que j'étais certaine qu'elle priait en même temps que Lacey pour ça.

Une demoiselle d'honneur qui accouchait pendant le mariage n'était sûrement pas l'idéal. Mais Marni semblait en parfaite forme, et nous avions encore le temps.

— Bon, voilà comment ça va se passer, commença Lacey.

Mais avant qu'elle puisse se lancer dans sa tirade, John s'approcha et lui administra un baiser passionné et presque inapproprié. Lacey se mit à rire, et je ne pus m'empêcher de sourire.

— Coucou, dit Lacey.

— Coucou. Je voulais juste que tu saches que je

t'aime et que j'ai hâte d'être à samedi. Tout est superbe, lumière et amour de ma vie. Ça sera formidable, quoi qu'il arrive, parce qu'au final je serai ton mari et tu seras ma femme. C'est tout ce qui compte. Alors respire et sache que je t'aime. D'accord ?

Les larmes coulaient librement sur mes joues et celles de Lacey, tandis que ma mère reniflait. Caleb me tendit un mouchoir.

— Merci, haletai-je en m'essuyant le visage. Où l'as-tu trouvé ?

— Lacey a mis des mouchoirs dans nos poches. Nous en aurons aussi pour le mariage.

Je retins un rire. C'était du Lacey tout craché : elle pensait vraiment à tout. Et même si je savais que mon témoin – si un jour je me mariais – serait formidable et plein de ressources, j'avais le sentiment que Lacey serait à ses côtés. Mais je n'allais pas me marier de sitôt, et je n'allais pas regarder Caleb en pensant à ces choses.

— D'accord, commençons la répétition. Caleb et Zoey, rapprochez-vous parce que vous n'allez plus vous quitter jusqu'à la fin.

Caleb glissa à nouveau son bras autour de ma taille et je soupirai théâtralement contre lui.

— Prête ! dis-je, et tout le monde rit.

Lacey me regarda en plissant les yeux, mais reprit son discours sur le mariage. La répétition se déroula rapidement, puis ce fut l'heure de manger : ma partie préférée.

Il était prévu différentes sortes de plats, des toasts au fromage, des desserts et des gâteaux pour le mariage. Ce soir, il n'y avait que de la pizza.

— Pizza et vin pour une répétition de mariage ? demanda Caleb.

— Oh, ce ne sont pas de vulgaires pizzas livrées, ni des surgelées, dis-je pour le faire rire.

— D'accord, dis-moi ce qu'elles ont de si spécial ?

— Tout est cuit devant toi dans ce four à bois. Tu choisis la garniture que tu veux, que ce soit une pizza classique comme la margarita ou la pepperoni, ou quelque chose de complètement original avec de la roquette et des poires. Tu t'amuses, et le chef a tous les ingrédients.

— Je ne mets pas de roquette sur ma pizza, dit sèchement Caleb.

— J'ai déjà essayé et c'est vraiment bon.

— Alors mets toute la roquette que tu veux, mais si tu touches ma pizza à l'ananas, ça va mal se passer.

Je ne lui dis pas que j'aimais la pizza au jambon et à l'ananas. J'avais déjà dû le cacher à tant de personnes, autant le cacher à Caleb aussi.

Tout le monde eut sa pizza, et je gémis en mordant dans la croûte au blé entier de la mienne dont le fromage fondant me brûlait presque la bouche.

— C'est délicieux, marmonnai-je.

— Je ne peux pas parler, je meurs de béatitude.

Je ris et regardai Caleb engloutir littéralement sa pizza. Je ne l'avais pas beaucoup vu manger récemment, quand nous étions ensemble, et je m'étais dit qu'il devait être préoccupé par le travail ou qu'il n'avait pas d'appétit. Je ne savais pas vraiment... et ça m'inquiétait un peu.

Nous progressions lentement dans cette relation presque sérieuse, et il ne m'avait jamais vraiment parlé de lui. J'ignorais beaucoup de choses car il était assez renfermé. Mais je me répétais que même si nous étions amis depuis toujours, nous n'avions pas ce genre de rapport auparavant.

Je n'avais pas besoin de connaître tous ses secrets, mais je souhaitais juste qu'il s'ouvre un peu. Pourtant de mon côté, je détenais le plus gros des secrets : le fait que je l'aimais depuis aussi longtemps que je me souvienne, et le fait que j'étais de plus en plus amoureuse de lui.

Il me fit un clin d'œil avant de prendre une bouchée de ma pizza. J'avais conscience de n'avoir aucun plan pour que Caleb tombe amoureux de moi, et que pire encore, j'avais fait l'exact contraire : j'étais encore plus amoureuse qu'avant, et je ne savais absolument pas ce qu'il ressentait pour moi.

Mais pour le moment j'ignorai mes rêves et me concentrai sur mon présent, car j'avais tellement peur de passer à côté de l'instant présent, et qu'il n'y ait aucun Caleb dans mon avenir.

Pour quelqu'un qui aimait tout planifier dans sa vie, j'ignorais quelle serait ma prochaine étape. Ou ce que j'étais censée ressentir.

Ou si je pouvais espérer avoir Caleb dans ma vie future.

Chapitre Quatorze

Caleb

Je gémis en passant mes mains sur les cuisses de Zoey avant de recommencer à la lécher et la sucer. Son goût explosa sur ma bouche. Mon sexe était si dur que j'étais étonné d'arriver encore à réfléchir tandis que je me régalais d'elle.

— Je vais jouir si tu ne ralentis pas, grognai-je avant de recommencer à gémir contre son clitoris.

Zoey répondit en me prenant encore plus profondément dans sa bouche, et je sentis le mouvement de succion sur toute ma longueur. Mes yeux se fermèrent à la sensation qui se répandit dans tout mon corps. Je laissai échapper un souffle, et essayai de me concentrer sur la délicieuse tâche à accomplir.

Mais c'était vraiment difficile avec mon sexe dans sa bouche.

— Tu dois jouir en premier, haleta-t-elle avant de se remettre au travail.

Je secouai la tête, même si elle ne pouvait pas me voir avec ma tête entre ses jambes, et me remis à la lécher en la pénétrant de deux doigts avant d'entamer un va-et-vient. Elle serra ses cuisses autour de ma tête et quand elle jouit, je continuai à la lécher pendant quelques instants avant de m'écarter d'elle à toute vitesse.

Je me couvris d'un préservatif et la pénétrai jusqu'à la garde sans lui laisser le temps de réaliser. Puis je restai immobile quelques secondes pour essayer de reprendre mon souffle alors qu'elle se serrait autour de moi, étroite, douce et toute à moi.

Non merde, pas toute à moi. Je ne devais pas l'oublier.

Ses ongles s'enfoncèrent dans mon dos tandis que je la martelais, le corps tremblant et moite. Quand je l'embrassai, elle chuchota contre ma bouche :

— Je peux me goûter.

— Douce, et *mienne*, marmonnai-je en souriant.

Je continuai, m'enfonçant plus profondément à chaque coup de reins et désirant la faire jouir à nouveau.

Elle s'arqua, les seins pressés contre mon torse alors qu'elle enroulait plus étroitement ses jambes autour de ma taille.

Après un ultime coup de reins, elle jouit, le corps tremblant et les yeux écarquillés. Rien que de la voir ainsi, la bouche entrouverte et le regard béat qui m'était uniquement réservé, je jouis immédiatement, incapable de me retenir. Je m'écroulai sur le côté, mon sexe toujours profondément niché en elle alors que je caressais son corps et ses cheveux.

J'avais besoin de la toucher et d'être avec elle. Et ça m'inquiétait.

Cela devenait beaucoup trop sérieux.

Je savais que je devais me préserver et ne rien faire de stupide comme tomber amoureux d'elle, mais je ne pouvais pas m'en empêcher. Mes sentiments progressaient si rapidement et avec tant de force que ça me foutait la trouille.

Et je ne pouvais vraiment rien y faire. Plus maintenant.

Alors, je la tins contre moi et continuai à la regarder alors qu'elle réagissait à mes caresses et souriait comme un chat devant un bol de crème.

— C'est une merveilleuse façon de se réveiller, murmura-t-elle en me mordillant le menton.

— Ça t'a plu ? lui demandai-je en me reculant pour la regarder à nouveau.

— J'ai vraiment aimé.

Mon cœur manqua un battement. Entendre le mot « *aimer*» de sa part me fit peur. Pas que j'aie peur de cette émotion en général, mais je ne savais pas ce qui m'arrivait. Je n'étais pas un bon parti. Ma tête me faisait toujours terriblement mal. La veille j'avais appelé le médecin et exigé des réponses. La secrétaire m'avait dit qu'ils attendaient toujours et ne m'avait même pas passé le médecin. Je détestais ce fichu cabinet médical. Ils étaient nuls et je savais qu'il me fallait un deuxième avis... si j'arrivais déjà à avoir un premier véritable avis.

J'étais effrayé. C'était comme si j'avais constamment peur ces jours-ci.

— Tu es en congé aujourd'hui, n'est-ce pas ? demanda Zoey.

Je hochai la tête.

— Oui, mais j'ai des tonnes de choses à faire et de trucs à régler avant le mariage.

J'avais un autre rendez-vous médical mais je ne lui avais rien dit. J'ignorais pourquoi. Je lui avais à peu près dit tout le reste ces derniers jours. Toute ma famille était au courant pour les migraines et l'hallucination que j'avais eue une fois, et du fait que j'attendais toujours un diagnostic. Mais ça je ne *lui* avais pas dit.

Est-ce que ça faisait de moi une merde ? Probablement. Elle méritait d'être au courant de ce qui m'arrivait, mais j'avais peur de lui dire. Les choses allaient beaucoup trop vite entre nous, et je le savais.

Il fallait que je trouve un moyen de ralentir les choses, mais je ne voyais pas comment. On se voyait presque tous les jours parce qu'on avait des amis en commun et qu'elle était la meilleure amie des femmes de la famille. Et avec le mariage de Lacey le lendemain, impossible de l'éviter.

Soudain je détestai avoir songé au mot « *éviter* » alors que je ne voulais absolument pas l'éviter. Si je voulais continuer cette relation avec elle, il fallait que j'aie des réponses.

J'étais un véritable enfoiré, mais j'ignorais comment arranger les choses. Je ne savais même pas s'il y avait un moyen de le faire.

— Je suis heureuse que tu ne travailles pas, surtout... tu sais... à cause du mariage et tout.

Je souris.

— Je vais passer pratiquement toute ma journée à voir si John a besoin de moi. Mais il est assez calme et il passe du temps avec sa famille et Lacey avant le jour J.

— Moi, je dois m'occuper de tous les petits détails, car Lacey m'a déjà envoyé quatre SMS.

Elle se pencha par-dessus moi, son sein droit sur mon visage alors qu'elle cherchait son téléphone.

— Non, six. Six fois.

Incapable de résister, je lapai son mamelon. Elle

gémit et ondula contre moi, son sexe humide pressé contre ma cuisse.

— Bon, assez de ça, dit-elle en laissant échapper un souffle tremblant. Je dois aller voir ce que veut Lacey.

Je fredonnai contre ses seins et jouai avec ses fesses avant de glisser mes doigts entre ses replis intimes.

— Caleb. Arrête. Nous devons être responsables.

J'acquiesçai et lâchai son mamelon avec un pop retentissant. Je voyais bien qu'elle ne voulait pas vraiment que je la laisse partir.

— Tu as raison, même si je préfère rester au lit. J'ai des choses à faire.

Comme un rendez-vous chez le médecin auquel je n'avais vraiment pas envie d'aller.

Elle sourit et me regarda, les yeux emplis de quelque chose que je ne voulais pas nommer parce que j'étais trop bête. Et si j'étais vraiment malade ? Je ne voulais pas lui imposer ça. Elle méritait tellement mieux que quelqu'un avec un avenir incertain.

Parce que le médecin n'avait toujours pas exclu une éventuelle maladie neurologique et que depuis je n'avais plus eu de nouvelle de lui. Pour quelque chose qui devait être réglé rapidement, il n'avait rien fait pour moi.

— Qu'est-ce qui ne va pas ? demanda-t-elle.

Je secouai la tête en souriant. Je devais faire comme si tout allait bien, car il fallait que tout se passe bien, du moins pour elle. Elle avait assez de stress avec Lacey, et je ne voulais pas en rajouter.

— Rien. Tu devrais aller te préparer.

— Je sais. On se voit au mariage ?

— Je suis le témoin. Je dois être là.

Elle sourit, puis m'embrassa à nouveau et sauta hors du lit.

Nous n'avions pas vraiment discuté pour savoir si nous sortions ensemble, et j'en étais content car je devais calmer les choses, même si je ne savais pas comment. Elle prit son sac et partit juste au moment où j'entrais dans la douche.

— Passe une bonne journée. Ne travaille pas trop dur, dit-elle avant de froncer les sourcils et se pencher pour me toucher la tempe. Tu as l'air d'avoir mal à la tête. Est-ce que ça va ?

Je souris en essayant d'avoir l'air d'aller bien, ce qui n'était pas le cas.

— Je vais bien. Arrête de t'inquiéter. Je suis un adulte.

Elle me regarda, nu, et sourit.

— Oui, je sais que tu es un adulte.

J'aurais pu rougir, mais j'étais habituée à ça. Zoey était douce et tentante, et pourtant capable de me scotcher avec les plaisanteries les plus salaces.

Je n'étais pas prêt pour elle et tout ce qu'elle pouvait

m'apporter. Je ne l'avais jamais été, même à l'époque où je ne la considérais que comme une amie.

— Vas-y, grognai-je.

Elle sourit, et se sauva avec son sac.

Nous ne gardions rien l'un chez l'autre. On n'en était pas encore là. Ou peut-être qu'on l'était, mais qu'elle sentait que je n'étais pas prêt. On ne se qualifiait pas de petit ami ou de petite amie, ni aucune autre étiquette, ce qui m'allait.

Merde, nous étions ensemble depuis... disons plusieurs mois ? Mon Dieu, comment était-ce arrivé ? Cela faisait déjà presque une saison entière et pourtant on ne mettait aucun nom sur notre relation.

J'étais un crétin. Je ne la traitais pas correctement et je le savais. Seulement j'attendais toujours de comprendre ce qui n'allait pas chez moi. Les examens interminables n'avaient rien donné et j'avais l'impression d'être bloqué en attendant. C'était peut-être stupide. Peut-être que c'était juste un obstacle dans mon esprit, mais c'était une décision que j'avais prise, et je voulais m'y tenir. Une fois dans la douche, ma tête commença à me faire vraiment mal.

Je titubai vers les toilettes et vomis tout le contenu de mon estomac. Ce n'était pas grand-chose puisque je n'avais même pas encore bu mon café. Puis je m'assis et me couvris d'une serviette en essayant de respirer.

Merde, si ce n'était pas un présage, je ne savais pas ce que c'était.

J'attendis que ma tête arrête de tambouriner avant de prendre mon téléphone pour envoyer un SMS à Devin. Mes yeux me faisaient mal tandis que je me concentrais pour que mes mots aient un sens, du moins avec la correction automatique.

Moi : *Tu peux me conduire chez le médecin ?*

Devin : *C'est quand ?*

Moi : *Dans environ une heure.*

Devin : *J'arrive. Besoin de quelque chose ?*

J'avais besoin de réponses. J'avais besoin de savoir quoi faire de la femme dont j'étais amoureux. Celle dont je ne devais pas tomber amoureux. J'avais besoin de tellement de choses qui n'étaient pas accessibles pour le moment que je savais que j'allais faire une connerie très bientôt.

Je dis non à Devin et m'habillai aussi vite que possible. J'étais en train de prendre mon portefeuille et mes clés quand Devin déverrouilla la porte et entra sans même frapper.

— Bien, tu es debout.

— Je suis content que tu n'aies pas pris la peine de frapper, dis-je en essayant de sourire.

Mon œil droit pulsait et j'avais du mal à voir.

Super, une autre putain de migraine.

— Vu que vous utilisez rarement la sonnette tous les

trois avant d'entrer chez moi, je n'ai pas d'état d'âme à ce sujet. En plus, j'étais inquiet. Mais fais-moi un procès.

— Je ne suis pas fâché, au contraire. Le son de la sonnette ne ferait qu'aggraver mon état.

Je mis mes lunettes de soleil même si j'étais à l'intérieur, car la lumière commençait à me faire mal aux yeux.

— Une autre migraine ? demanda Devin à voix basse.

— Comme toujours. Mais au moins mon médecin – si j'arrive à le voir – me verra avec une véritable migraine.

— Que veux-tu dire ?

— Je le vois rarement. Il vient pendant deux minutes me prescrire des examens et me laisse avec les infirmières. Je ne le vois jamais.

J'ignorais si c'était normal. J'avais toujours été en bonne santé, donc consulter un spécialiste était une nouveauté pour moi. J'étais complètement dépassé et j'avais l'impression de me noyer.

— Je déteste notre système de santé, dit Devin.

— Ne me lance pas là-dessus.

— Ça craint. Je sais que Tucker en bave aussi avec Evan.

— Merde, comment va Evan ?

Le fils de Tucker était en rémission grâce à une greffe de moelle osseuse et tout un tas de traitement, mais ce n'était pas complètement fini.

— Ça va, mais ils ont eu un problème avec l'assurance, donc Evan doit rester à l'hôpital durant la nuit pour pouvoir recevoir le bon traitement. Ce qui ne serait pas possible chez lui. Tucker reste avec lui pendant que les parents dorment un peu. Mais je pense qu'ils sont tous épuisés.

— Mince. Je pensais qu'Evan allait mieux.

— C'est le cas, mais il a encore besoin de médicaments, et si ses médecins ne font pas les bonnes ordonnances, et si l'assurance ne les couvre pas comme il faut, ça se complique.

— Je sais. C'est pour ça que j'ai vraiment besoin de ton aide aujourd'hui.

— Eh bien, je suis là pour toi, dit-il avant de froncer les sourcils. Bien que je me demande pourquoi tu n'as pas demandé à Zoey.

Je regardai mes pieds avant de sortir.

— Tu plaisantes j'espère ? Putain, tu ne lui as pas dit que tu es malade ?

— Je ne veux pas l'inquiéter. Elle a tellement à faire avec le mariage.

— Non, c'est juste une échappatoire. Pourquoi est-ce que tu as peur de lui dire ?

Je laissai échapper un soupir sans savoir quoi répondre.

— Je ne sais pas. Peut-être parce que je suis dans

l'incertitude. Je n'avais pas prévu Zoey. Il n'y a rien de sérieux entre nous, tu comprends ? Rien de sérieux.

— C'est à moi que tu le dis ou à toi-même ?

— Va te faire foutre.

Je me détestais déjà assez, et probablement encore plus quand tout sera terminé. Je n'avais pas besoin que Devin s'y mette aussi.

— Non, toi va te faire foutre si tu lui fais du mal.

— Allez, allons voir le médecin, grommelai-je.

— Qu'est-ce que tu vas faire pour Zoey ?

— Je ne sais pas. Je pense qu'il est temps de calmer le jeu, tu comprends ?

— Non, vraiment pas.

— Je ne veux rien de sérieux. Surtout pas quand j'essaie d'y voir clair. Avec le mariage et tout, les choses sont devenues trop profondes trop rapidement.

— Si tu lui fais du mal, tu auras affaire à nous.

— Je pensais que tu étais mon frère, pas le sien.

— Je *suis* ton frère, et c'est pourquoi je te botterai le cul une fois que tu iras mieux. Parce que je t'aime, espèce d'idiot. Ne fais rien de stupide.

Je sortis mon téléphone et le regardai, sachant que j'allais être encore plus stupide dans un instant. Je devais lui dire, mais je ne voulais pas qu'elle s'inquiète. Je ne voulais pas qu'elle me regarde différemment. Je savais au fond qu'elle avait toujours eu un petit faible pour moi, même si ce n'était qu'un *crush*. Si elle se mettait à me regarder différemment, je ne pourrai pas le supporter. J'avais besoin d'espace – bien que ce fut le pire moment possible – et pour cela je devais lui procurer une porte de sortie.

Je savais exactement ce que je devais faire pour qu'elle ait envie de me quitter.

Moi : *Bonjour, qu'est-ce que tu fais demain ?*

Christy : *J'avais l'intention de faire le ménage. Pourquoi ? Tu as quelque chose de mieux en tête ?*

Moi : *Que dirais-tu de m'accompagner à un mariage ?*

Alors que j'attendais sa réponse, mon estomac se noua et j'eus envie de vomir à nouveau, mais cette fois, ça n'avait rien à voir avec la migraine.

Chapitre Quinze

Zoey

— Avant de commencer ce mariage, j'ai deux ou trois choses à te dire, déclara Lacey.

Je me figeai, le dos raide et inquiète de ce qu'elle allait dire. Ma vie tournait autour de Lacey et de ce mariage ces derniers mois. D'ailleurs, le fait que je n'arrêtais pas de répéter en boucle « *j'aime ma petite sœur* » pour me le rappeler, en disait long.

Lacey portait une belle robe blanche en dentelle et soie. Ses cheveux étaient coiffés en longues boucles blondes, et les extensions qu'elle avait posées le mois dernier étaient parfaites pour sa tresse Elsa.

Elle était magnifique ; une mariée parfaite, et même si je n'étais pas jalouse, j'étais un peu inquiète pour la suite : non pas que John l'abandonne à l'autel, mais surtout parce qu'elle avait été insupportable ces derniers temps, et qu'elle m'avait épuisée.

Pour le moment je n'avais vraiment pas envie de gérer un problème de dernière minute avec ce mariage.

— Oui ?

Lacey grimaça et me prit les mains. Ses ongles étaient parfaitement manucurés. J'avais fait la même, mais j'avais déjà un ongle abîmé, plein de coupures, et quelques cicatrices.

Cependant, les fleurs du mariage étaient phénoménales.

En tout cas c'était mon avis.

— Le fait que tu me regardes avec appréhension me prouve bien que j'ai été la pire mariée au monde.

— Non, pas du tout. Je suis désolée si je t'ai donné cette impression.

— Non, ne t'excuse pas. Je sais que j'ai beaucoup compté sur toi pour ce mariage. Je sais que ça a été dur, et que j'ai été un monstre. Je t'aime et je voulais te remercier d'avoir été géniale pendant toute cette expérience. Je sais que tu n'avais pas signé pour ça, et que je t'ai en quelque sorte jetée aux loups. Les loups étant moi... et peut-être maman.

On sourit toutes les deux, mais heureusement, maman n'était pas dans la pièce.

— Lacey..., commençai-je.

Ma sœur leva la main, et passa les dents sur sa lèvre avant de s'arrêter en réalisant qu'elle pouvait abîmer son maquillage.

— Non, laisse-moi finir, je te promets de faire vite. Je t'aime tellement. Je voulais que cette journée soit parfaite, et je sais que j'ai été autoritaire. Je sais que tout a tourné autour de moi et de John, mais surtout de moi.

Je ne réfutai pas ce commentaire, mais c'était le droit de toute mariée, et je ne l'en blâmais pas.

— Tu as toujours été là pour moi pendant tout ce temps, mais j'ai l'impression d'avoir été cruelle. Je t'ai forcée à respecter mon emploi du temps et à faire bien plus que n'importe quel autre témoin. J'aurais dû embaucher une vraie organisatrice de mariage pour que tu puisses te concentrer sur les fleurs et ton rôle de sœur. Et peut-être sur une romance incroyable avec un certain témoin.

Elle me fit un clin d'œil et mon visage s'enflamma.

— Lacey.

— Quoi ? J'ai été grossière avec toi. Je me suis comportée comme une garce. Soyons honnêtes.

— Eh bien...

Je me tus et elle leva les yeux au ciel.

— J'ai été horrible. C'est parce que je suis nulle dans

tout ce truc de communication et d'établir des priorités. J'avais mes raisons, et tu les connais, mais il n'empêche que j'ai été cruelle. Je ne veux plus jamais être cette personne. Je sais que nous sommes à quelques heures de la cérémonie et que je vais bientôt m'avancer dans cette allée pour rejoindre John, mais je ne veux pas avoir ces mauvais sentiments dans mon esprit à cause de la façon dont je t'ai traitée.

— Cette journée est supposée être la tienne.

— Peut-être, mais je n'avais pas à être méchante avec toi. Et je n'avais pas à me montrer insensible au sujet de ta relation avec Caleb. Ou t'empêcher de m'en parler. Je sais que tu as tes copines, et je sais que tu en as probablement parlé avec elles, compte tenu du fait que Caleb fait également partie de ce groupe, sauf que je n'ai pas voulu m'en mêler, à part la fois où je me suis comportée comme une harpie. Je suis tellement heureuse pour vous. Je sais qu'il est ton étoile brillante. C'est ton John. Je l'ai toujours su.

Je rougis en baissant la tête.

— Lacey, c'est encore très nouveau.

Et je l'aime.

Mais je n'allais pas le dire à voix haute.

— Tu craques pour lui depuis que nous sommes petites.

— Tu n'es pas censée le dire, dis-je en redressant la tête.

— Et je ne lui dirai jamais. Je le jure. Mais que vous soyez ensemble, c'est comme le destin.

— Nous n'en avons pas encore parlé. Nous n'en sommes pas encore là, essayai-je d'expliquer alors même que mon cœur s'emballait et que je me réchauffais intérieurement en pensant à lui.

— Je voulais juste que tu saches que je suis heureuse pour toi. Et oui, aujourd'hui il est question de John et de moi et de notre amour, mais je suis contente qu'une autre histoire se profile à l'horizon. Parce que je veux te voir danser avec Caleb ce soir.

— Nous n'en sommes vraiment pas encore là. Je ne sais pas où nous allons, mais on y va lentement.

— John et moi avons fait pareil, et ça a marché. Sache juste que je suis tellement heureuse pour toi. Caleb est un homme formidable, et j'ai hâte de voir votre évolution.

— Je t'aime, Lacey. Même si tu es vraiment insupportable, ajoutai-je en marmonnant.

Elle rit et je la serrai contre moi en retenant mes larmes.

— Je ne peux pas pleurer, dit-elle. Même si j'ai un maquillage de compétition censé résister aux torrents de larmes, je ne veux pas prendre le risque.

— Pareil.

Je fermai les yeux et la serrai avec force. Elle était si forte malgré son corps fragile. Il y avait de la puissance dans ces os, et de la force dans cette âme. Elle s'était peut-être légèrement égarée, mais nous avions tous le droit de le faire parfois. Ça ne me dérangeait pas, parce que c'était ma petite sœur et qu'elle allait se marier.

Je m'efforçai de chasser toute idée de Caleb. Je ne voulais pas trop m'y plonger et réfléchir à ce que nous pouvions être. Parce que même si nous étions ensemble, même si je savais qu'il y avait plus, il était très doué pour mettre de la distance entre nous. Je n'allais donc pas m'autoriser à être blessée. J'allais m'autoriser à l'aimer, mais j'allais aussi laisser le temps passer. Parce que c'est ce dont nous avions besoin : du temps pour être simplement ensemble.

— D'accord, les filles, il est temps de s'habiller, annonça ma mère en entrant dans la pièce.

— Il est l'heure de se marier ! dis-je en souriant.

Lacey esquiva un petit pas de danse avant qu'on se mette toutes à l'œuvre. On l'aida à enfiler sa robe et on essuya nos larmes, soulagées que notre maquillage n'ait pas bougé et que la maquilleuse soit là pour nous aider à faire les dernières retouches et effacer les éventuelles traces de larmes.

J'enfilai rapidement ma robe, ravie de la couleur or champagne qui me donnait l'impression d'être une princesse. Nous correspondrions parfaitement à l'ambiance romantique de l'automne. J'adorais ma robe et j'envisageais de peut-être la porter à nouveau pour un gala ou ce genre de choses. Ou peut-être que Caleb aura l'occasion d'assister à une soirée événementielle et qu'il m'y emmènera.

Je souris en passant mes mains sur la douce étoffe en pensant à Caleb.

Il fallait que j'arrête.

Nous n'avions même pas discuté de nos sentiments. À la place nous nous étions concentrés sur notre entourage en vivant l'instant présent.

— Euh, Zoey ? dit Marni, la sœur enceinte de John.

Je la regardai alors qu'elle se massait le dos, et mes yeux s'écarquillèrent.

— S'il te plaît, dis-moi que tu as juste mal au dos.

— Combien de temps avant le mariage ? demanda-t-elle d'une voix légèrement haletante.

— Bientôt. Tu es en train d'accoucher ? chuchotai-je férocement en baissant au maximum la voix et en espérant que personne ne m'entende.

— Peut-être. Je n'ai pas encore perdu les eaux, et ce n'est pas ma première fausse alerte. Ça devrait pouvoir attendre la fin de la cérémonie, mais si nous pouvions faire vite, ce serait génial.

— Formidable, dis-je en essayant de parler doucement. Tout va bien.

— Tout va bien, répéta-t-elle.

On se regarda, et j'espérai vraiment que tout irait bien.

— Qu'est-ce qui ne va pas ? demanda ma mère en nous regardant.

— Hum, rien ? mentis-je.

— Tu es en train d'accoucher ? demanda-t-elle.

Je grimaçai.

— Je suis désolée, madame. Je ne voulais pas, dit Marni en rougissant.

— C'est les bébés. On ne peut pas contrôler le moment de leur arrivée. Est-ce que ça va ?

— Ça ira encore un petit moment. Ça vient juste de commencer, mais je sais à quoi ressemble le travail.

— Qu'est-ce qui ne va pas ? demanda Lacey en s'approchant, les yeux écarquillés et magnifique dans sa longue robe blanche en dentelle et sa traîne de princesse.

On s'exclama toutes les trois à l'unisson :

— Rien !

— Oh mon Dieu, tu es en train d'accoucher, dit-elle les mains tremblantes. D'accord. Ça va aller. Est-ce qu'il faut te conduire à l'hôpital ? Je peux te conduire tout de suite.

Je clignai des yeux et regardai Marni, qui avait l'air tout aussi confuse.

— Lacey, c'est ton mariage. Tu ne peux pas la conduire à l'hôpital, dis-je d'une voix patiente.

Lacey se contenta de me dévisager.

— Tu vas voir si je ne peux pas. C'est ma nièce ou

mon neveu là-dedans, et s'il faut que je les conduise à l'hôpital tout de suite, je le ferai. J'emmerde mon mariage.

— Mon Dieu, l'Enfer a gelé, dis-je, ce qui me valut un coup de coude dans les côtes de la part de ma mère.

Mais Marni sourit, si forte et si belle.

— Je vais vraiment bien, Lacey. On va faire la cérémonie, puis j'irai à l'hôpital.

Lacey baissa les yeux sur la montre en diamants de ma mère et hocha fermement la tête.

— D'accord. On va faire vite. Allons épouser l'amour de ma vie pour qu'on puisse laisser sortir ce bébé.

Quand elle ramassa sa robe et se précipita vers la porte, je ne pus retenir mon rire plus longtemps.

— Qui es-tu ? demandai-je.

Elle me regarda par-dessus son épaule et me fit un clin d'œil.

— Pas une salope en tout cas. Je n'en suis plus une. Mais dépêchons-nous. Je veux mon mari, et ce bébé ne nous attendra pas toute la journée.

Je ris en la suivant, et tombai sur Caleb alors que je franchissais la porte.

— Hé, tu as entendu ? dis-je en faisant courir mes mains sur son costume très sexy.

Il avait une pochette dorée assortie à ma robe. Je

prétextai de la remettre en place pour pouvoir faire courir mes mains sur lui.

— Oui, dit-il les sourcils froncés et le regard sérieux. Elle va bien ?

— Ça va aller. Mais il faudrait peut-être se dépêcher avec les vœux.

Je lui adressai un clin d'œil en scrutant son visage, mais il était si fermé que je ne pus rien déchiffrer, et ça m'inquiéta.

— Qu'est-ce qui ne va pas, Caleb ?

— Rien. Mais je voulais juste te faire savoir que je ne resterai peut-être pas longtemps après la cérémonie. Ma cavalière, Christy, et moi avons des projets.

Je me figeai et battis des cils. J'avais dû mal entendre.

— Quoi ?

Je me sentis envahie de glace et j'eus l'impression de regarder la scène de l'extérieur. Je ne pouvais plus respirer. Une cavalière ? Il avait une cavalière ?

— Oui, dit-il avant de s'éclaircir la voix. On est juste amis. Nous ne sortons pas ensemble. Je ne te ferais pas ça. Mais tu sais, puisque les dates du mariage et tout étaient une étape que nous n'étions pas prêts à franchir, j'ai pensé amener une amie. Elle n'a jamais vraiment assisté à un mariage avant, tu comprends ?

Ça n'avait aucun sens. Il disait n'importe quoi.

Une cavalière. Il avait apporté une cavalière. Au

mariage de ma sœur. Le mariage où j'allais devoir le toucher et lui tenir le bras pendant qu'on marchait ensemble dans l'allée, vers les photos et le dîner et tout ce qui accompagnait un mariage.

Je n'arrivais pas à croire ce qu'il me disait. Quand est-ce que les choses avaient changé ? Il était encore en moi la veille. Je l'avais tenu pendant que nous faisions l'amour. Mais, apparemment, ça n'avait été que de mon côté. Pour lui ça n'avait été que du sexe. Une baise rapide le matin et *ciao*.

Je savais que nous avions dit que ce serait une aventure sans lendemain et rien de sérieux, le temps de voir où cela nous menait. Mais venir accompagné sans me consulter ?

Je n'avais pas de mots. Littéralement pas de mots. Je me contentai de le fixer, les yeux secs – heureusement – avant de secouer la tête.

— Je dois rejoindre ma sœur. Va te mettre en position pour le mariage.

Je savais que ma voix était creuse, mais je n'avais vraiment rien d'autre à dire.

Il était venu accompagné, et je l'aimais.

Je l'aimais et j'avais l'impression de me briser de l'intérieur.

Ma mère me lança un regard perçant alors que je souriais trop vivement et clignai rapidement des yeux pour retenir les larmes qui menaçaient de couler.

— Qu'est-ce qui ne va pas ? chuchota-t-elle.

— Rien. Je suis vraiment excitée avec ce mariage et l'arrivée du bébé. Toutes ces merveilleuses choses qui arrivent en même temps.

Mon cœur brisé s'effondra entre nous, et ses éclats gelés s'enfoncèrent dans mes pieds alors que j'avançais vers le lieu de la fête.

— Mon bébé, qu'est-ce qui ne va pas ?

Je secouai la tête.

— Rien. Il n'y a pas de place pour le négatif en ce moment. C'est la journée de Lacey. On en parlera plus tard.

— D'accord. Je t'aime.

Les larmes me piquèrent les yeux et j'acquiesçai.

— Je sais. Je t'aime aussi.

— Vous êtes prêtes ? demanda Lacey.

Je hochai la tête et détournai le regard pour qu'elle ne voie pas la douleur dans mes yeux. Je voulais que personne ne voie. Et pourtant j'allais être bien en vue de tous. J'allais devoir montrer au monde entier que j'allais bien, même si c'était tout le contraire. J'étais brisée, mourante, et il ne restait plus rien pour moi.

Le mariage débuta et la sœur enceinte commença à avancer en respirant très calmement, même si je savais qu'elle devait souffrir. Son mari la rejoignit à la fin et l'embrassa, elle, puis son ventre sous les acclamations et les soupirs de presque tout le monde, avant de la faire asseoir près de la mariée, plutôt que rester debout. Ensuite les deux autres sœurs de John s'avancèrent et je les suivis, marchant seule vers l'autel et évitant de regarder ma famille. Et Caleb.

Je ne le regardai pas, je ne pouvais pas. Je restai simplement là en me demandant ce que j'allais faire.

Me demandant ce qu'il restait.

Il ne restait plus rien. Il ne *pouvait* plus rien rester.

La cérémonie se déroula, mais je n'y prêtai aucune attention. Je tins le bouquet de ma sœur quand elle me le tendit, puis je le rendis le moment venu. Je regardai les fleurs sur lesquelles j'avais laborieusement travaillé pendant des heures et je ne ressentis rien. Pas de joie, pas de douleur. Rien.

Puis Lacey et John furent déclarés mari et femme, et John donna à ma sœur le plus romantique des baisers, et j'en eus les larmes aux yeux. Heureusement d'autres pleuraient aussi.

Ils penseraient que je pleurais de bonheur, et non pour les restes en lambeaux de cette personne que j'avais été autrefois.

Ensuite l'heureux couple marcha dans l'allée, et Caleb fit quelques pas vers moi, la main tendue.

— Prête ?

Je le regardai : l'amour de ma vie, mon coup de cœur depuis toute petite, et je souris vivement, consciente que je montrais les dents.

— Bien sûr, dis-je d'une voix rauque.

Je glissai ma main dans la sienne et on s'avança lentement sur l'allée. Je l'ignorai. J'ignorai tout le monde.

Dès qu'on fut assez loin pour que personne ne nous voie, je lâchai sa main et continuai à marcher. J'avais besoin de respirer. Les photos devraient attendre. Je n'arrivais pas à me concentrer. Il fallait que je reprenne mon souffle.

Était-ce une crise de panique ?

Je l'ignorais. Ma poitrine me faisait mal quand j'essayais de respirer, mais je n'arrivais pas à aspirer l'air.

— Zoey.

Je me tournai vers Caleb, heureuse qu'on soit seuls de ce côté de la grange. Mais les gens pouvaient venir à tout moment.

— Va-t'en.

— Parlons-en.

— Non, tu ne peux pas faire ça. C'est le mariage de ma sœur, et tu vas le lui gâcher.

Tu me le gâches déjà.

Il fit un pas en avant, et je le frappai avec mon bouquet, un coup après l'autre, claque après claque, fleurs et pétales tombant au sol.

Mes heures de travail n'étaient *rien* tandis que je regardais mon espoir et mes rêves. Ce n'était rien.

— C'est juste une amie. Ce n'est pas ce que tu

penses. Je ne voulais pas que nous deux, toi et moi, on commette une erreur, tu comprends ?

Je savais qu'il mentait, et je m'en fichais totalement. Je ne savais plus où était la vérité. Je le regardai alors que les larmes coulaient sur mon visage. Je détestais le fait qu'il m'ait fait pleurer.

— Tu as le droit de rompre. Tu as le droit de dire que ce n'était pas important. Mais tu n'as pas le droit d'être méchant. Ce n'est pas toi, Caleb. Tu n'as jamais été méchant.

Il me regarda sans rien dire, puis se massa la tempe comme s'il souffrait. J'aurais voulu que ça me fasse plaisir qu'il ait mal, parce que *j'avais* mal aussi.

— Zoey, ce n'est pas ça.

— Je ne sais pas ce que c'est. Comment as-tu pu faire ça ? Et tu sais ce qui fait le plus mal ? C'est que je te déteste. Je te déteste tellement en ce moment.

Je laissai échapper un rire rauque, mais il ne dit rien.

— Mais le pire, c'est que je déteste ce que tu me fais ressentir : le fait que je t'aime et que je ne puisse rien y faire.

Et alors que je me mettais à nue devant lui et que mon cœur se brisait en un million de morceaux tout autour de nous, je m'éloignai pour rejoindre la fête.

J'allais prendre des photos, même si je n'avais pas de bouquet, et j'allais être la meilleure sœur possible. Puis je m'allongerai dans mes restes brisés et je me demanderais pourquoi j'avais été si bête.

Parce qu'être amoureuse de Caleb Carr était une chose. Que cet amour ne soit pas partagé en était une autre.

Mais que cet amour vous soit jeté au visage de la pire façon... je n'avais jamais été préparée à ça.

Chapitre Seize

Caleb

Je ne grimaçai pas, je ne fronçai pas les sourcils. Je ne souris pas non plus. J'étais un vrai *loser*. J'avais su à la minute où j'avais envoyé ce SMS à Christy pour l'inviter à m'accompagner au mariage en tant que soutien plutôt que cavalière, que c'était une erreur. Mais je n'avais rien trouvé d'autre.

Aurais-je pu discuter avec Zoey ? Bien sûr que oui. Mais je n'avais pas les idées claires, et ça par contre c'était clair !

Je me retrouvais donc debout aux côtés de John pour les photos de mariage, pendant qu'il me regardait en devinant que quelque chose n'allait pas. Il ne me posa pas de question, et de toute façon je n'aurais pas répondu. Parce que je n'allais pas gâcher la journée de mon ami.

John et Lacey méritaient que cette journée soit parfaite. Je devais donc partir rapidement.

Le mariage avait été magnifique, même si je n'y avais pas trop prêté attention. J'essayais surtout de ne pas regarder Zoey qui semblait brisée.

Brisée par moi, merde.

Elle m'aimait. Oh bon sang.

Elle ne pouvait pas m'aimer. J'étais un tel imbécile. Je ne méritais rien de sa part. Je méritais d'aller en enfer, de me faire botter le cul et d'être laissé pour mort. Je savais que j'allais lui faire du mal, mais je ne pensais pas que ça se passerait comme ça.

Je ne savais pas qu'elle me détesterait.

Ou peut-être que c'était exactement ce que je voulais.

Parce que si elle me détestait, je n'aurais pas à prendre de décision. J'avais toujours été un homme à traiter les femmes comme des reines, même en les quittant. Là ça ne me ressemblait pas.

Non, même pas un tout petit peu.

— Ça va ? demanda l'un des garçons d'honneur.

Je hochai la tête avec un sourire qui n'atteignit pas mes yeux.

— Oui, longue journée, mais superbe mariage.

— Alors, tu es venu avec Zoey ? demanda le mec.

— Non.

Parce que j'avais fait des erreurs et que je ne pouvais pas les réparer.

— Oh, alors tu n'es pas avec elle ? demanda-t-il, intéressé.

C'était la grande question. Mais compte tenu de ce que j'avais fait et de ce qu'elle avait dit, je connaissais la réponse maintenant. Et même si ça avait été mon objectif, le goût du regret était amer.

— Non, je ne le suis pas.

— Alors, ça ne te dérange pas si je l'invite à danser ?

L'instant d'après, mes mains étaient sur le col du gars, et Dimitri me tirait en arrière.

— Caleb. Qu'est-ce que c'est que ce bordel ?

— Désolé, mec, bredouilla le garçon d'honneur. Il a dit qu'elle était célibataire, mais je suppose que je me suis trompé. Toi et Zoey, vous êtes super. Je m'en vais, et encore désolé.

— Tu vas me dire ce qui se passe ? demanda Dimitri en me tirant vers l'autre bout de la grange.

Il n'y avait personne autour, et nous étions à l'extérieur, donc personne ne pouvait nous entendre. Je voulais juste rentrer à la maison. Ma tête me faisait mal, j'avais encore envie de vomir, et j'attendais toujours des nouvelles de mon putain de médecin.

— Je vais bien.

— Ne me mens pas. C'est une chose que nous ne faisons pas. Nous ne nous mentons pas. Maman et papa ont assez menti pour tout le monde, tu le sais.

— Arrête. N'évoque pas nos tristes parents et leurs tristes beuveries.

Je n'avais pas besoin de cette conversation, et de toute façon nous allions bien mieux maintenant. Devin et Erin nous avaient tous forcés à regarder notre passé, et nous n'en souffrions plus à présent.

— Je ne vais pas le faire. Pas besoin. Mais je pensais qu'on avait dépassé ça. Alors dis-moi pourquoi tu as failli tabasser ce type et pourquoi il a cru que Zoey n'était pas avec toi ? Parce que j'étais certain du contraire.

— Je ne veux pas en parler.

Tucker et Devin arrivèrent aussi, tous deux me regardant d'un air mauvais.

— Que se passe-t-il ? Querelle de famille ? demanda Tucker en fronçant les sourcils.

— Non, gronda Dimitri. Il a failli passer à tabac un garçon d'honneur pour avoir osé parler de Zoey. Mais je ne la vois pas dans les parages, alors pourquoi ne nous dis-tu pas ce qui s'est passé ?

— Il ne s'est rien passé.

— Caleb ?

Je fermai les yeux en souhaitant mourir. Ça aurait été la fin logique d'une journée pareille.

— Christy, dis-je en me tournant vers elle.

Mes frères et Tucker échangèrent un regard avant de se tourner vers moi. Leurs yeux étaient comme des poignards qui s'enfonçaient dans mon dos, mais je les ignorai.

— Salut, désolé de t'avoir laissée comme ça, dis-je après m'être éclairci la voix.

Christy sourit, mais elle avait plus l'air résignée qu'heureuse.

— Ne sois pas désolé. Le mariage est magnifique et tu m'as bien précisé que tu avais une copine, et que j'étais là pour t'aider à prendre une décision. Tu as été très clair à ce sujet. Je vais y aller.

— Merde, grommela Dimitri.

— Je vais te tuer, gronda Devin.

— Pas si Amelia s'en charge en premier, chuchota Tucker.

— Je suis désolé, dis-je en les ignorant. Je suis un vrai con.

— C'est vrai, dit Christy en levant le menton. Mais pas vis-à-vis de moi. Tu as été clair avec moi et j'ai uniquement accepté de venir pour te faire comprendre que tu étais amoureux. Je suis là en tant qu'amie, pas pour blesser qui que ce soit. Et pourtant je pense l'avoir fait. Alors oui, *tu es* un con, mais pas vis-à-vis de moi, répéta-t-elle. Tu ferais mieux de t'occuper de ça, Caleb. Arrange ça rapidement, ou tu perdras la meilleure chose qui te soit arrivée.

Et sur ce, elle partit. Merde, Christy avait raison, mais je ne pouvais pas arranger les choses. Je ne savais même pas s'il y avait quelque chose à arranger à ce stade.

— Tu vas tout de suite me dire ce qui s'est passé ou je te flanque une raclée, me menaça Dimitri, les muscles bombés sous sa veste.

— Et sois bref, marmonna Devin.

— Je vais bien, mentis-je.

— Toi peut-être, mais Zoey clairement pas, cracha Tucker.

— J'ai bien vu que quelque chose n'allait pas, mais je n'aurais jamais pensé que tu étais venu accompagné au mariage de la sœur de Zoey, lança Dimitri. Je pensais t'avoir élevé mieux que ça.

Je lui fis un doigt d'honneur.

— Tu ne m'as pas élevé.

— Bon, ça suffit, intervint Devin en s'immisçant entre nous. Tu n'as pas le droit de faire ça. Tu ne peux pas te défouler sur les autres quand tu as mal. C'est à cause du médecin ? Ça ne peut pas être ça.

Honteux, je détournai les yeux.

— Putain, tu ne lui as toujours pas dit ? demanda Devin. Tu es sérieux ?

— Je ne sais pas quoi lui dire. Le médecin n'avait rien à dire, il n'est même pas venu. J'ai juste vu l'infirmière qui m'a dit qu'ils attendaient toujours les résultats, et qu'ils m'en diraient sûrement plus bientôt. Mais ils semblaient tous inquiets. Tu étais là !

Devin hocha la tête.

— Oui, j'étais là. Ils étaient inquiets parce qu'ils ne savaient pas ce que tu avais, pas parce qu'ils pensaient que tu allais mourir.

Je tressaillis et reculai d'un pas.

— Ne dis pas des choses comme ça.

— Pourquoi ? Ça te trotte clairement dans la tête. C'est pour ça que tu te comportes de cette manière. C'est pour ça que tu as pratiquement brisé le cœur de Zoey. Et ne mens pas en disant que tu ne l'as pas fait. Je sais que tu l'as fait.

— Je n'ai rien à dire, dis-je en reculant d'un pas.

Ma vision commença à se troubler et la bile me monta à la gorge. Ma tête pulsait et je me penchai pour vomir.

— Oh, putain, s'exclama Tucker alors que tout le monde s'agitait en même temps.

Le corps tremblant, je tombai à genoux, la tête prête à exploser.

Ça n'était encore jamais arrivé aussi vite. Je ne pouvais plus respirer, je ne pouvais plus me concentrer.

Ma dernière pensée fut pour Zoey, et je me détestai

d'avoir gâché le mariage de sa sœur. Tout comme j'avais gâché tout le reste.

Je repris rapidement connaissance, mais ils avaient quand même appelé une ambulance. Heureusement, nous n'avions pas perturbé le mariage car mes frères avaient été intelligents et l'avaient appelée un peu plus loin avant de me traîner dans cette direction car je ne pouvais plus marcher. Personne au mariage ne savait ce qui s'était passé. Ils faisaient toujours la fête, du moins c'est ce que Dimitri avait dit après avoir envoyé un SMS à sa femme.

J'en étais soulagé, car j'avais déjà bien assez gâché la journée comme ça.

On m'emmena aux urgences, et on me fit une perfusion, bien que je demandasse à rentrer chez moi. Ils firent des tests et j'attendis encore et encore, malgré ma nausée.

— Quand avez-vous mangé pour la dernière fois ? demanda l'infirmière.

Je fronçai les sourcils.

— Je ne sais pas, hier peut-être ? j'avais mal à la tête.

— Vous êtes déshydraté et votre glycémie est très basse. Je sais que c'est désagréable de manger quand on a une migraine, mais vous devez prendre soin de vous. Le médecin sera bientôt là pour tout vous expliquer et en attendant on va vous installer dans une chambre et vous réhydrater.

Elle vérifia mes signes vitaux et sortit, me laissant seul dans ma petite salle d'urgence avec mes frères et ma sœur. Tucker faisait les cent pas dans la salle d'attente, visiblement pour laisser un peu d'intimité aux Carr. Thea et Erin étaient également dans la salle d'attente, Thea avec les pieds levés car la grossesse faisait gonfler ses pieds.

Apparemment, l'une des demoiselles d'honneur et Marni, la sœur de John, étaient également ici à l'hôpital, mais côté maternité.

C'était la journée hôpital.

— Pourquoi n'as-tu rien mangé ? demanda Dimitri en évitant mon regard.

— Je ne me sentais pas bien. C'était pas délibéré.

— Tu dois prendre soin de toi, déclara Amelia, les mains croisées sur le ventre.

Devin passa un bras autour de ses épaules et déposa un baiser sur sa tête.

— Nous devons tous prendre soin les uns aux autres. Ça ne se reproduira plus.

— Et si ça se reproduisait ? Et s'il s'agissait d'une maladie neurologique ou d'une tumeur qu'ils n'ont pas pu encore trouver ? On attend depuis combien de temps déjà ? Et je n'ai toujours pas de réponses.

— Alors on fera face ensemble.

Je regardai ma sœur avant de soupirer :

— Je me débrouille très bien tout seul.

— C'est des conneries, dit Dimitri. De grosses conneries. Tu es venu vers nous, tu as demandé notre aide, et maintenant tu nous repousses ? Je comprends que tu souffres, et que tu aies merdé avec Zoey, mais tu vas devoir trouver un moyen d'arranger ça. On va trouver ce que tu as et on va te soigner. Parce qu'un Carr ne recule jamais.

Si je ne me sentais pas comme de la merde, j'aurais souri. Dimitri trouvait toujours le moyen de tout arranger, même quand ce n'était pas réparable. Je m'appuyai contre l'oreiller et les laissai chuchoter en essayant de me concentrer.

Chercher à empêcher que les choses deviennent sérieuses avec Zoey avait été une erreur. Je l'avais tout de suite compris, mais je ne pouvais pas revenir en arrière. Je ne méritais pas non plus son pardon si j'avais un jour l'occasion de m'excuser. Il ne me restait qu'à vivre avec mes regrets.

— Monsieur Carr ? dit une voix inconnue.

J'ouvris les yeux et vis un médecin en blouse blanche.

— C'est moi, grognai-je.

— Nous sommes sa famille, déclara Dimitri qui ne pouvait jamais s'empêcher de jouer son rôle de frère aîné.

— J'ai plusieurs petites choses à voir avec vous. Vous voulez qu'ils sortent ?

Je secouai la tête avant de grimacer.

— Je ne secouerais pas la tête avec une migraine. J'ai donc votre permission pour passer en revue les résultats devant votre famille ?

— Oui. Ils savent tout.

— Très bien, dit le médecin en prenant un siège près de moi.

En regardant ses yeux gris et ses cheveux grisonnants, je me sentis plus en paix que je ne l'avais jamais été avec l'autre con.

— Tout d'abord, le Dr Johnson ne travaille plus dans cet hôpital. Nous avons supprimé tous ses privilèges. À partir de maintenant, c'est moi qui m'occupe de vous.

Je me redressai rapidement et faillis vomir.

— Doucement, dit le médecin. Je suis le Dr Martinez. Je vais vous aider.

— Putain, mais qu'est-ce ça veut dire pour le Dr Johnson ? dit Dimitri avant de chuchoter : excusez mon langage.

— Aucun problème. Vous allez probablement jurer un peu plus bientôt. Comme je l'ai dit, le Dr Johnson ne travaille plus ici. En faisant le point, nous avons vu qu'il n'avait pas su vous prescrire les bons examens. Nous ne sommes pas satisfaits de son travail. Alors, je prends le relais, et nous allons vous soigner.

Je restai assis là à cligner des yeux et couvert d'une sueur froide.

— Vous l'avez laissé soigner des patients pendant un an, et il s'est *trompé* ? demandai-je, sidéré.

— Non, dit le Dr Martinez.

Son ton était bourru, mais je devinai que c'était plutôt dû à la situation désagréable avec le Dr Johnson que moi.

— Je ne peux pas en dire plus, mais sachez qu'il n'a pas été systématiquement mauvais. Par contre, certaines choses lui ont échappé et il n'a pas toujours prescrit les bons examens.

— Qu'est-ce que vous voulez dire ?

— Je dis que j'ai regardé votre dossier, et que je suis en mesure de poser un diagnostic.

Je déglutis, le corps tremblant. Un vrai diagnostic. Mon Dieu.

Le Dr Martinez poursuivit :

— Vous souffrez de la céphalée de Horton et de migraines qui peuvent parfois provoquer des hallucinations. Vous n'en avez eu qu'une d'après votre dossier. Ça pourrait être dû à l'environnement, nous n'excluons rien pour le moment. On va vous mettre sous surveillance, mais ça va aller. Ce n'est pas une tumeur ou une maladie neurologique. Le Dr Johnson aurait dû être en mesure de vous le dire à partir des examens déjà effectués, mais peut-être qu'il n'avait encore jamais vu cette maladie.

Mais je suis là pour vous aider et je resterai avec vous pour trouver le bon traitement. J'ai une équipe formidable et nous ferons également appel à des spécialistes pour être certains de ne pas nous tromper. Vous voudrez probablement avoir un deuxième avis. La médecine est une science, mais il faut aussi beaucoup de connaissances pour établir un diagnostic et assembler les morceaux. Vous aurez un traitement préventif contre la migraine, et également quelque chose pour vous soulager en cas de crise. Il faudra également suivre un traitement sur le long terme. Mais vous pourrez vivre une vie saine et épanouie.

Je restai là à écouter le médecin parler avec mes frères et sœur de médecine et de traitements, mais je m'en foutais. Je voulais juste que ce vieux docteur sorte de ma vie. Parce que, merde, je n'allais pas mourir. Ce n'était pas une tumeur ou quelque chose qui allait me priver de mes facultés. J'avais vraiment eu peur que ce soit la fin et de ne plus rien pouvoir contrôler.

J'avais tout foutu en l'air avec Zoey parce que je ne savais pas ce que j'avais, et que j'avais eu peur.

Le médecin me prescrit des traitements et toute une batterie de nouveaux examens afin qu'on parte sur de nouvelles bases. Je n'arrivais toujours pas à croire que ce soit si facile. La seule chose qu'il me fallait, c'était un médecin attentionné capable de lire des résultats d'analyses. Pas étonnant que j'aie toujours détesté notre système de santé.

Parce que ça m'avait détruit, et qu'ensuite je m'étais également détruit.

Après cela, ma famille me laissa seul, parce que j'étais comme un ours avec une épine enfoncée dans la patte. Je ne pouvais plus respirer, je ne pouvais plus réfléchir. Je ne savais pas comment arranger les choses avec Zoey, ni si c'était possible.

Puis ce fut comme si je l'avais appelée.

J'entendis un bruit du côté de la porte et je levai les yeux. Zoey se tenait là avec ses cheveux blonds autour des épaules et sa robe couleur champagne épousant ses courbes d'une manière qui me donnait envie de la serrer contre moi.

Elle était magnifique, la plus belle femme que j'aie jamais vue.

Et je lui avais brisé le cœur.

Tandis qu'elle me regardait avec inquiétude, je me demandai comment j'allais pouvoir la récupérer.

Parce que je savais que, quoi qu'il arrive, je ne la méritais pas.

Je ne l'avais jamais méritée, et je ne pensais pas pouvoir la mériter un jour.

Chapitre Dix-Sept

Zoey

Je me tenais dans l'embrasure de la porte, le corps tremblant et priant pour avoir l'air saine d'esprit et la force nécessaire. Parce que je n'avais pas du tout l'impression que ça soit le cas.

Caleb était allongé dans un lit d'hôpital, accroché à une machine et une intraveineuse dans le bras. Il semblait si différent. Effrayé ? Préoccupé ? Épuisé ? J'avais pourtant bien vu des signes, mais chaque fois que j'avais demandé... il m'avait menti.

Menti.

— Pourquoi tu ne me l'as pas dit ?

Je n'avais pas prévu que ce soient les premiers mots qui sortiraient de ma bouche, mais je n'avais pas pu m'en empêcher. J'aurais dû demander comment il allait, ce qu'il allait faire. Mais, non, il m'avait blessée, et j'avais besoin de savoir pourquoi. Le fait qu'Amelia m'ait déjà informée de la situation, ne rendait les choses que plus douloureuses.

Parce que Caleb avait préféré me repousser, me mentir et me donner l'impression que je ne valais rien, plutôt que de me dire la vérité. J'ignorais si je pourrais surmonter cela. En le regardant à présent, je voyais le garçon qu'il avait été et que j'aimais depuis l'âge de huit ans, et je ne savais pas comment surmonter cela.

Comment mettre ces deux images côte à côte ? Le garçon qu'il avait été et qui était devenu l'homme attentionné que je connaissais, avec l'homme qui m'avait brisé le cœur ?

— Je ne sais pas, dit-il avant de pousser un soupir. Tu peux entrer ? J'aimerais te parler.

— Maintenant ? Tu veux parler maintenant ?

Je lui adressai un sourire amer. Je ne voulais pas être amère. Ça ne me ressemblait pas. Je ne pouvais pas laisser tout cela me changer plus que ce qui avait déjà été fait. C'était notre première vraie dispute, et je ne savais pas si ça serait la dernière.

Mais comme il était dans un lit d'hôpital, je fis

quelques pas dans la chambre et refermai la porte derrière moi.

— Je ne devrais pas être ici. Tu as besoin de dormir.

— Non, ne pars pas.

— Ta sœur m'a appelée et m'a dit ce qui s'était passé.

Il déglutit avec peine.

— Elle t'a tout dit ?

— Elle m'a parlé des consultations médicales et de la raison de ton déménagement ici. C'est quelque chose que *tu* aurais dû faire, toi. Nous étions ensemble depuis combien de temps ? Et même si ce n'était que de la putain de pitié de ta part, je méritais mieux que ça.

Je ne pleurais pas, j'étais en *colère*.

Devant mon langage grossier, les yeux de Caleb s'écarquillèrent.

— Putain, Zoey. Ça n'a jamais été de la pitié.

— Mais c'est ce que tu m'as fait ressentir aujourd'hui. En l'amenant.

— Christy n'est qu'une amie. Je te l'ai dit. Et elle le savait.

— Oui, je lui ai parlé.

Ses yeux s'écarquillèrent. Devant son air comique, je laissai échapper un rire triste.

— Oui, elle est venue me dire qu'elle n'était pas du genre à piquer le mec d'une autre. Qu'elle n'était venue que pour te faire comprendre à quel point j'étais une fille géniale et ce genre de conneries. Et tu sais quoi ?

Comme avec toutes tes autres ex, je n'ai pas pu la détester.

— Qu'est-ce que tu racontes ?

Je secouai la tête en souriant de ma propre naïveté.

— Je ne pouvais pas la détester parce que tu l'as traitée correctement. Et elle est repartie heureuse, même si elle ne pouvait pas t'avoir. Je n'ai jamais compris ça. Comment as-tu pu sortir avec toutes ces femmes et qu'elles s'éloignent heureuses et épanouies en sachant qu'elles emportaient une part de toi ?

— Zoey.

— Je n'ai pas encore fini.

Il ferma la bouche et m'étudia. Que voyait-il ? Les restes de la femme qui l'avait aimé ? La femme méprisée qui avait l'impression d'avoir été réduite en cendres ?

Ou Zoey ? Désespérée. Perdue. Et *ici*.

— Chaque fois que je te voyais en dehors de notre groupe d'amis, tu étais avec une autre femme. Même quand nous avions huit ans à Hawaï avec cette petite fille qui m'a poussée à l'eau par accident.

— J'avais huit ans et ce n'était pas ma petite amie.

— Tu lui as donné ton dernier chewing-gum. C'est comme un vœu de mariage quand on a huit ans.

— Zoey.

— À chaque fois. Dans chaque État. Chaque fois qu'on s'est retrouvés. Au camping, à l'université.

— Je ne veux pas parler de l'université.

— Eh bien, tant pis, parce qu'on va le faire. J'ai toujours été amoureuse de toi, Caleb. Et je sais qu'une part de toi l'a toujours su.

Il ne dit rien, mais je vis la réponse dans ses yeux.

Je laissai échapper un souffle et commençai à faire les cent pas.

— Je ne sais même pas pourquoi je me mets à nue en ce moment, mais je suppose que j'en ai assez de cacher des choses. Peut-être que tu es fatigué de cacher le fait que tu es malade ? Non, pas du tout ! Tu ne m'as jamais rien dit. Il a fallu que tu t'évanouisses au mariage de ma sœur.

Je levai la main quand il voulut reprendre la parole.

— Mais je m'égare. J'y reviendrai dans une minute. Tu m'as blessée, Caleb. Tu m'as blessée en utilisant quelqu'un de ton passé. Et oui, tu as dit que c'était platonique, juste une amie, et je te crois. Parce que je ne pense pas que tu sois si cruel. Je ne pense pas que tu me tromperais réellement. Mais tu as quand même fait quelque chose dans le vague voisinage de l'infidélité. Et je suis en colère contre moi-même d'avoir laissé cette histoire aller aussi loin.

— Il ne s'agit pas de toi, dit-il rapidement.

— Et pourtant si. J'aurais dû demander des étiquettes. J'aurais dû dire que nous sortions ensemble. Parce que nous n'avons jamais discuté de notre relation. Donc, honnêtement, je ne peux pas me fâcher à ce sujet.

— Si tu peux. Je me suis comporté comme une ordure.

— Je suis contente qu'on soit d'accord sur ce point, dis-je en souriant tristement. Quoi qu'il en soit, je peux oublier Christy, parce que je l'aime bien.

Je laissai échapper un rire avant de poursuivre.

— Tout comme j'ai aimé toutes les autres femmes qui ont été dans ta vie. Parce que ce sont des femmes extraordinaires et que tu as beaucoup de goût. Mais je ne pense pas pouvoir me remettre du fait que tu ne m'aies pas dit que tu étais malade. Je t'ai demandé plusieurs fois si tu te sentais bien, et tu as toujours dit « oh, c'est juste un mal de tête ». Mais tu avais des migraines. Au point d'être à l'hôpital et d'attendre des résultats d'analyses. Des migraines qui t'ont fait déménager de l'Alaska au Colorado. Et tu ne me l'as jamais dit. Pourquoi ? Pourquoi as-tu senti que tu ne pouvais pas me faire confiance ? Tu l'as dit à ta famille, mais tu ne me l'as pas dit. La femme avec qui tu couches. La personne avec qui tu passes le plus de temps. Ça me prouve bien que je n'étais rien de plus qu'un corps chaud dans ton lit pour toi. Tu aurais dû me le dire. Tu aurais dû. Et je ne sais pas quoi faire du fait que tu ne l'as pas fait.

Les larmes coulaient librement sur mes joues à présent, et Caleb bougea, essayant de se rapprocher.

Une infirmière entra en fronçant les sourcils.

— Vos signes vitaux sont en hausse. Ne le dérangez pas, mademoiselle.

— C'est bon, dit Caleb d'un ton bourru. Je vais bien. Laissez-nous seuls, d'accord ?

L'infirmière haussa un sourcil.

— J'ai presque fini, lui dis-je. Je suis désolée. Je vais essayer d'être calme.

— Et je ne voulais pas être grossier. Je vous prie de m'excuser. Je suis un vrai bâtard. J'en suis bien conscient. Nous avons juste besoin d'une minute.

L'infirmière nous regarda et nous fit un petit signe de tête avant de partir.

— Je ne sais pas comment l'expliquer à part que j'avais peur.

— Quoi ? fis-je, surprise.

— J'avais peur, répéta-t-il. J'en ai parlé à mes frères et Amelia bien après mon retour. J'avais peur parce que je ne savais pas ce que j'avais. J'ai eu une hallucination en Alaska, Zoey, et ça m'a terrorisé. Je ne pouvais plus rester dans mon ancien travail, je n'avais plus confiance en moi, alors je suis revenu ici. Maintenant, je travaille derrière un putain de bureau parce que j'ai eu peur. Et j'ai beau aimer mon travail, j'ai changé de vie parce que je n'avais pas de réponses et que j'étais trop con pour faire quoi que ce soit.

Je voulais lui prendre la main, lui dire que tout irait bien, mais je me retins. Je ne savais pas si j'en étais capable, ou même si j'en avais encore le droit. L'avais-je jamais eu ?

— J'aurais vraiment aimé que tu me le dises. Peut-être que c'est égoïste de ma part de vouloir en savoir plus sur toi, mais tu as utilisé ce fait contre moi.

— J'ai fait ça, uniquement pour ne pas te blesser.

— Pardon ? dis-je, stupéfaite.

— Je n'avais pas les idées claires, et je sais que ça n'a aucun sens. Mais... et si ça avait été une tumeur ? Je ne voulais pas que tu sortes avec un mec qui pouvait mourir.

Je le regardai, consternée.

— Tu ferais mieux de la fermer maintenant. Ce n'est pas à toi de faire ce choix à ma place.

— Ce n'était pas mon but, mais je ne savais pas comment te le dire, parce que je ne savais même pas ce que j'avais. Je veux dire, je savais que je devais m'ouvrir, mais je ne voulais pas le faire avant d'avoir un véritable plan de guerre et des réponses. Tu comprends ?

— Peut-être. Je ne sais pas, Caleb.

Je recommençai à faire les cent pas tandis que ma robe couleur or s'agitait dans la lumière crue de l'hôpital.

— Je me disais qu'une fois que j'aurais les résultats, tout s'arrangerait. Que je serais en mesure de me soigner et de t'en parler. C'était comme un bloc dans ma tête.

Ça n'avait aucun sens, et je suis désolé. J'avais juste peur.

J'avançai vers lui jusqu'à pouvoir faire courir le bout de mes doigts sur sa main. Il les saisit et les serra fermement, me faisant sursauter.

— Je suis désolé, Zoey. Si je pouvais revenir en arrière et tout changer, je le ferais. Je te dirais tout, malgré ma peur. Car je le voulais. Vraiment. Mais je ne pouvais pas.

— Tu ne voulais pas, corrigeai-je.

— J'imagine... Je ne sais pas, je ne sais même pas comment on s'est mis à sortir ensemble.

Je reculai d'un pas, mais il ne me lâcha pas.

— Ce n'est pas ce que je voulais dire.

— Alors je te prie de m'expliquer exactement ce que tu voulais dire, dis-je lentement en articulant soigneusement.

— Tout ce que je sais, c'est que tu as toujours fait partie de ma vie, et que soudain tu es devenue une autre partie sans que je sache quand ni comment. Tout ce que je sais, c'est que ça me plaisait. J'ai aimé que tu entres dans ma vie. J'ai aimé le fait de t'avoir. Et pas seulement parce que le sexe avec toi est incroyable... parce que c'est le cas.

Je ne pus m'empêcher de rire à cette dernière partie.

— Dieu, comme j'aime ce rire, dit-il.

— Non, l'avertis-je en me calmant instantanément.

— Tu as raison. Si je pouvais me mettre à genoux en ce moment et ramper à plat ventre, je le ferais, mais je n'ai vraiment pas la force de le faire.

— Pas besoin de te mettre à genoux si tu veux te mettre à plat ventre, marmonnai-je.

Son sourire m'alla droit au cœur.

Stupide cœur.

— J'ai fait tellement d'erreurs. La pire a été de ne pas te dire ce que je ressentais et ce qui m'arrivait. Mais je ne voulais pas m'impliquer dans notre relation. Je te l'ai même dit. J'avais besoin que ça soit comme ça, parce que je ne savais pas ce que l'avenir me réservait. Je n'ai toujours pas de certitudes, mais mon avenir ne me paraît plus aussi gris et sombre.

— Je ne suis pas très douée pour les aventures sans lendemain, lâchai-je.

— Je sais. Tu aimes l'amour et la romance, et tu mérites plus qu'une aventure, mais je n'ai jamais ressenti de la pitié pour toi.

— Alors ne me donne plus jamais ce sentiment.

— Est-ce que ça veut dire que tu vas me reprendre ?

Je haussai les épaules, étourdie et le cœur battant la chamade.

— Je ne sais pas. Et si tu avais un autre problème, et que tu t'enfuyais à nouveau ? Et si tu me cachais des choses importantes par peur de m'en parler ? Je suis censée être ta partenaire. C'est ça une relation. Et si je ne peux pas te faire confiance pour me confier des choses essentielles, comment pourrais-je te faire confiance pour tout le reste ? Comment pourrais-je te confier mon cœur ?

Il se pencha en avant et me caressa le bras. C'était la seule partie que je le laissais atteindre.

— Je vais essayer de m'améliorer. Parce que je ne veux plus jamais te faire souffrir. J'admets avoir eu peur, et je ne suis pas un homme à admettre ce genre de choses.

— Je le sais.

Caleb était toujours fort ; un protecteur féroce tapi dans l'ombre. Il avait toujours été auprès de sa famille, même à l'époque où ça n'allait pas entre eux. Donc, qu'il admette sa vulnérabilité n'était pas rien, mais je détestais avoir été blessée à cause de ça.

— Je veux qu'on se remette ensemble, déclara Caleb. Dis-moi comment faire.

— Tu dois me parler. Tu dois me dire les choses.

— Promis. Tout comme je le ferai avec ma famille. Il faut que je fasse mieux dans ce domaine.

— Oui.

Il y eut une pause pendant laquelle j'essayai de décider ce que je voulais faire et dire. J'étais tellement inquiète de ne pas dire ce qu'il fallait, ou que lui ne dise rien du tout.

— Est-ce que tu m'aimes ? demanda-t-il soudain.

Je me figeai.

— Tu te souviens de ça ?

— Bien sûr que oui. Tu as dit que tu m'aimais.

— Ne me le jette pas à la figure. C'est déjà assez grave que nous ayons les mêmes amis et que je sois si proche de ta famille. C'est juste que... je ne peux pas. Parce que je t'aime depuis toujours, idiot.

Il m'adressa alors un sourire sincère.

— Je t'aime aussi, Petite Zoey. Et dès que je le pourrai, dès que je sortirai de ce lit, je m'agenouillerai pour te montrer à quel point je t'aime. Je te veux dans ma vie, je veux apprendre à partager, et je veux le faire avec toi. D'aussi loin que je me souvienne, tu as toujours fait partie de ma vie. Je ne veux pas te perdre. Je t'aime, Petite Zoey. Reprends-moi. Pardonne-moi et dis-moi ce que je dois faire pour regagner ta confiance.

Je ne savais plus quoi dire, et de toute façon je n'aurais rien pu dire parce que je ne faisais que pleurer.

C'était le Caleb Carr dont j'étais tombée amoureuse. Le Caleb que j'avais toujours connu et qui était enterré en profondeur. Et alors que je me penchais pour l'embrasser, je savais déjà que je lui pardonnerais, même s'il avait besoin de supplier encore un peu.

Parce que je l'aimais depuis mes huit ans, et qu'à chacune de ses apparitions dans ma vie, j'avais aimé son âme, son sourire... sa personne. Quand il passa ses doigts sur ma joue et murmura mon nom, je compris que je lui avais déjà pardonné.

J'avais déjà eu peur moi aussi, et j'avais repoussé les autres à cause de cela.

Je le comprenais.

Il serait à moi. C'était une promesse que je m'étais faite quand j'étais petite, et c'était une promesse que j'allais enfin tenir.

J'avais écrit Caleb Carr sur mon cœur il y a des années, et alors qu'il me tenait la main dans cette chambre d'hôpital, et que nous regardions vers l'avenir qui ne serait pas parfait mais qui serait le nôtre, je savais que je l'écrirais encore et encore.

Parce que j'osais tout quand il s'agissait de Caleb Carr.

Et ça me convenait parfaitement.

Épilogue

Caleb

— Moi, Caleb, je te prends, Petite Zoey, pour épouse. Dans la richesse et la pauvreté. Jusqu'au jour où nos âmes se retrouveront. Je t'aime avec chaque once de mon être. Je t'ai aimée bien avant de savoir ce qu'était l'amour. Je te chérirai jusqu'à la fin de nos jours, et bien au-delà. Je serai à toi pour toujours, je te le promets.

L'officiant s'éclaircit la gorge et je lui fis un clin d'œil.

— Désolé, j'avais besoin d'ajouter quelques extras.

— C'est très bien, répondit-il en souriant. Et vous, Zoey ?

Ma fiancée me regarda, les joues striées de larmes alors qu'elle me serrait les mains.

— Moi, Zoey, je te prends, Caleb, l'amour de ma vie, pour mari, dans la pauvreté et la richesse, jusqu'à la fin de nos jours et au-delà. Parce que je t'aime. Je t'aime depuis que nous sommes enfants et que je ne savais pas encore ce qui m'arrivait. Je t'ai aimé avant de pouvoir t'avoir, et depuis. Je t'ai aimé même quand nous étions tous les deux difficiles à aimer, et depuis que tu m'as dit que tu m'aimais.

Je déglutis avec peine et mes yeux me piquèrent.

— Les alliances, déclara l'officiant.

Dimitri me tendit ma bague.

— Merci, lui dis-je avec un clin d'œil.

— De rien, murmura Dimitri.

— Maintenant, passez la bague à Zoey. Je pense que vous avez vos propres vœux.

— Petite Zoey, dis-je ému en faisant glisser la bague à son doigt. Avec cette bague, je te prends pour femme. Avec cette bague, je suis à toi pour toujours. Avec cette bague, je te promets mon dévouement, ma sincérité et mes secrets. Je te promets... mon être tout entier.

Ça pleurait ouvertement dans la salle, mais je n'avais d'yeux que pour ma future épouse.

Elle glissa l'anneau à mon doigt en me disant les mêmes mots, et quand l'officiant nous déclara mari et femme, je lui caressai doucement la joue.

— Tu es prête, Petite Zoey ?

— Je t'attends depuis toujours, Caleb Carr.

— Et maintenant tu m'as, *Zoey Carr*.

Elle sourit et j'abaissai ma bouche vers la sienne et l'embrassai. Ma femme. J'avais hâte de commencer le reste de notre vie.

— Il n'y avait plus un œil sec dans toute la maison, déclara Dimitri qui tenait son fils Kane endormi.

Le bébé avait presque un an maintenant, mais c'était quand même notre premier bébé de la famille.

— On fait de notre mieux, dis-je en prenant une gorgée de champagne.

Je regardai la piste de danse alors que l'un des Montgomery faisait tourner ma femme et la faisait rire.

— Putain, c'est ma femme, dis-je en souriant.

— Je crois que j'ai eu le même sentiment quand j'ai vu Thea pour la première fois. Et surveille ton langage devant mon fils.

Je regardai Kane endormi, et souris.

— Avec les deux familles de cet enfant, tu n'as pas de chance en matière de langage.

— Tu l'as dit, rétorqua-t-il en grimaçant.

— Oh, je peux tenir le bébé ? demanda Erin en se dandinant.

Elle venait d'entamer son deuxième trimestre, mais

avec des jumeaux, elle avait grossi plus vite que prévu... mais je gardai ça pour moi.

— Tu peux le sentir, mais tu sais que mon frère me tuerait si je te donnais un bébé qui dort alors que tu n'es pas censée tenir quoi que ce soit.

— Je vais avoir des jumeaux, je vais bien, dit-elle en caressant le nez de Kane et souriant quand il gazouilla dans son sommeil. C'est le bébé le plus mignon.

— C'est vrai, déclara Amelia en approchant accompagnée de Tucker.

Sa main était posée sur le petit renflement de son ventre. Dimitri et Thea avaient eu un bébé, Erin et Devin étaient sur le point d'en avoir deux. Mais était-ce suffisant ? Non, bébé Amelia Carr devait en avoir trois.

Oui, Amelia était enceinte de triplés. Avec leur fils Evan qui était sur la piste de danse avec Thea, ils allaient devenir une famille de six personnes, et ils auraient encore une chambre pour les parents d'Evan s'ils voulaient rester.

Nous étions devenus un groupe énorme, une famille plus unie que jamais.

Et nous allions bien.

Mon traitement fonctionnait, et je prenais mieux soin de moi. J'adorais mon travail et j'avais ma femme.

Je n'avais besoin de rien d'autre.

Zoey me regarda et me fit un clin d'œil. Je la rejoignis sans même remarquer que j'avais poussé un Montgomery pour la tenir dans mes bras.

— Tu sembles grincheux.

— Je ne peux pas m'en empêcher. Je veux juste continuer à t'embrasser.

— Hum, tu as un goût délicieux de champagne, et j'aimerais en avoir plus.

— Dans huit mois, dis-je en lui faisant un clin d'œil.

Lacey et John lui avaient en effet demandé d'être leur mère porteuse, mais ils utilisaient un ovule de donneuse, plutôt que celui de Zoey, pour des raisons qui leur étaient propres. Le fait que Zoey ait dit oui ne m'avait pas surpris. Elle aurait fait n'importe quoi pour sa sœur, et j'aurais aussi fait n'importe quoi pour ce couple. D'une certaine façon, ils nous avaient réunis.

— Ça serait bien de refaire ça après, mais pour nous, déclara Zoey en plaisantant.

— Ah oui ?

— Bien sûr. Toi et moi dans quelques années. Voyons quels beaux bébés nous pourrions faire.

Je fis tourner ma femme sur la piste de danse, et regardai par-dessus mon épaule ma famille qui se tenait auprès des enfants, sachant qu'il y aurait encore plus d'enfants à l'avenir.

Je regardai ensuite la magnifique femme dans mes bras. Elle était ma Petite Zoey – mon passé, mon présent et mon avenir.

Je passerai sûrement le reste de ma vie à me donner des coups de pied pour avoir perdu autant de temps, et passé une si grande partie de ma vie sans elle. Mais maintenant, elle était à moi, tout comme j'étais à elle.

Et j'avais hâte de parcourir le monde avec elle, et qu'elle m'appartienne pour toujours.

FIN

La série *L'un pour l'autre* est peut-être terminée, mais les personnages apparaissent aussi dans les autres romans de l'univers Montgomery, Point à la ligne!

Note de Carrie Ann

Je vous remercie d'avoir lu Elle et aucune autre! Si vous avez aimé cette histoire, j'espère que vous envisagerez de laisser un avis ! Les avis sont utiles pour les auteurs *et* les lecteurs.

L'un pour l'autre:

Tome 1: Elle et aucune autre

Tome 2: Nul autre que toi

Tome 3: Rien d'autre que nous

Et d'autres encore !

Pour vous assurer d'être informé de toutes mes nouvelles parutions, inscrivez-vous à ma newsletter sur www.CarrieAnnRyan.com ; suivez-moi sur Twitter @CarrieAnnRyan, ou sur ma page Facebook. J'ai également un Fan Club Facebook où nous discutons de sujets divers, avec annonces et autres goodies. C'est grâce à vous que je fais ce que je fais, et je vous en remercie.

N'oubliez pas de vous inscrire à ma LISTE DE DIFFUSION pour savoir quand les prochaines publications seront disponibles, participer à des concours et obtenir des *lectures gratuites*.

Bonne lecture !

De la même autrice

Montgomery Ink: Boulder

Tome 1: Sang d'encre

Tome 2: De flammes et d'encre

Tome 3: L'Encre des promesses

Tome 4: À l'encre indélébile

Montgomery Ink: Colorado Springs

Tome 1: Point à la ligne

Tome 2: À grands traits

Tome 3: En pleins et déliés

Montgomery Ink:

Tome 0.5: À l'encre de ton cœur

Tome 0.6: À l'encre du destin

Tome 1 : À l'encre déliée
Tome 1.5: À l'encre de ton âme
Tome 2 : À dessein prémédité
Tome 3 : D'encre et de chair
Tome 4 : Attrait pour trait
Tome 4.5: À l'encre des secrets
Tome 5: Entre les lignes
Tome 6: En pointillé
Tome 6.5: À l'encre de nos rêves
Tome 6.7: À l'encre de tes yeux
Tome 7: Nos desseins ravivés
Tome 7.3 À l'encre de nos vies
Tome 7.5: À l'encre de nos choix
Tome 8: Motifs troubles
Tome 8.5: À l'encre de ton corps
Tome 8.7: À l'encre de l'espoir

L'un pour l'autre:

Tome 1: Elle et aucune autre
Tome 2: Nul autre que toi
Tome 3: Rien d'autre que nous

Whiskey Town:

Tome 1: Comme un avant-goût
Tome 2: Un goût d'inachevé
Tome 3: Le goût des secrets

Les Frères Gallagher:

Tome 1: Un amour nouveau
Tome 2: Une passion nouvelle
Tome 3: Un nouvel espoir

Sorcellerie à Ravenwood

Tome 1 : Mystères de l'aube
Tome 2 : Révélations au crépuscule
Tome 3 : Clarté nocturne

Redwood:

1. Jasper
2. Reed
3. Adam
4. Maddox
5. North
6. Logan
7. Quinn

Griffes

1. Gideon
2. Finn
3. Ryder
4. Bram
5. Parker
6. Mitchell

7. Walker

Pour plus d'informations, abonnez-vous à la LISTE DE DIFFUSION de Carrie Ann Ryan.

À propos de l'auteur

Carrie Ann Ryan n'avait jamais pensé devenir écrivaine. C'est seulement quand elle est tombée sur un roman sentimental alors qu'elle était adolescente qu'elle s'est intéressée à cette activité. Lorsqu'un autre romancier lui a suggéré d'utiliser la petite voix dans sa tête à bon escient, la saga *Redwood* ainsi que ses autres histoires ont vu le jour. Carrie Ann a publié plus d'une vingtaine de romans et son esprit foisonne d'idées, alors elle n'a guère l'intention de renoncer à son rêve de sitôt.

CPSIA information can be obtained
at www.ICGtesting.com
Printed in the USA
LVHW091550281022
731823LV00004B/247